KB267212

쉽게 읽는 고문진보

산 문

쉽게 읽는 고문진보 산문

제1판 제1쇄 2025년 11월 5일

엮은이 황견
풀어쓴이 조재도
펴낸이 이광호
주간 이근혜
편집 박지현
마케팅 이가은 허황 최지애 남미리 맹정현
제작 강병석
펴낸곳 ㈜문학과지성사
등록번호 제1993-000098호
주소 04034 서울 마포구 잔다리로7길 18(서교동 377-20)
전화 02) 338-7224
팩스 02) 323-4180(편집) 02) 338-7221(영업)
대표메일 moonji@moonji.com
저작권 문의 copyright@moonji.com
홈페이지 www.moonji.com

ⓒ 조재도, 2025. Printed in Seoul, Korea.

ISBN 978-89-320-4472-9 04820
ISBN 978-89-320-4470-5 04820(전2권)

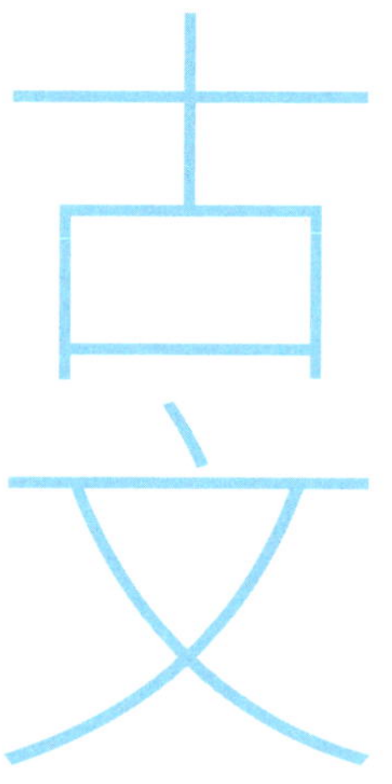

쉽게 읽는 고문진보

황견 엮음
조재도 풀어씀

송병렬 감수

문학과지성사

고문을 에세이처럼 읽게

모든 일은 작은 점에서 시작된다. 나는 지방의 사범대를 졸업한 후 교사 초년생이던 1980년대 초 2년 남짓 한문을 공부한 적이 있다. 대학원에 진학하는 데 제2 외국어가 필요했고 한문을 선택해서였다. 그때 수염이 허연 할아버지에게 학원에서 사서四書를 배워 띄엄띄엄 읽었다. 그 후 나는 대학원 시험에 떨어졌고, 1985년 전두환 신군부가 용공 조작한 『민중교육』지에 시 「너희들에게」 외 다섯 편을 발표하여 필화 사건을 겪으면서 학교에서 파면…… 그 후 전교조로 다시 해임…… 민주화 운동의 한복판에서……, 그러다 1994년 복직…… 어느덧 만 55세가 되어 명퇴했다.

퇴직 후 일상 가운데 하나로 영어와 한문 공부를 시작했다. 다른 목적은 없고 순전히 기억력 유지를 위해서였다. 어떤 글자나 단어를 읽고 뜻은 알겠는데 쓸 수가 없었다. 그래서 시작한 게 『고문진보』를 읽고 필사하기. 20대에 공부했던 한문을 30년이 지난 50대 후반에 다시 만난 것이다. 그것도 남이 해석해놓은 책을 놓고 손가락으로 하나하나 짚어가며 번호를 매겨야 겨우 뜻이 이해되는 얼치기 실력으로. 그렇게 세 번 『고문진보』를 필사했다.

그러다 문득 드는 생각. 이 좋은 글을 요즘 사람 누가 읽겠나, 한문을 전공하여 한문으로 밥 벌어먹는 사람이 아니고서야. 게다가 시와 산문을 번역한 것을 보니, 학자들이 번역한 탓인지 글을 읽는 맛과 정취가 덜 느껴지는 아쉬움이 있었다. 모든 예술 작품은 대중화되어야 한다는 것이 나의 지론이다. 전문가나 일부 계층만이 아니라 남녀노소 누구나 예술적 흥취와 멋을 누릴 수 있어야 한다.『고문진보』역시 그러하다. 인류 역사상 가장 훌륭한 글을 모아놓았다는, 그리하여 진귀하고 보배로운 이 책을 오늘날 누구든 어렵지 않게 읽을 수 있어야 한다. 그런 문제의식을 가지고 주변에서 책을 찾아보았지만 견문이 짧아서인지 찾을 수 없었다. 이 점이 『고문진보』를 필사하면서 느낀 가장 큰 아쉬움이었다.

그리하여 내린 결론. 내가 하자. "무식한 도깨비 부적 무서운 줄 모른다"는 속담이 있듯이, 오히려 무식하기에 내지를 수 있었다. 전공자들이 시시비비 따지는 어려운 이론은 옆에 밀어두고, 이도 저도 모르는 내가 '내 식대로' 하자. 한마디로 말해 한문투성이로 되어 있어 읽기 어려운 고문을 요즘 에세이 읽듯이 쉽게 읽을 수 있도록 한문을 벗겨내고 풀어 써보자. 이 책에서 이야기한 것 말고 더 알고 싶은 것이 있으면 독자가 스스로 찾아 공부하면 된다. 이런 의도로 쓴 것이 바로 이 책이다.

나는 이 책에서처럼 고문에서 한문이라는 갑옷을 벗겨내는 일이 반드시 바람직하다고 생각하진 않는다. 그렇다고 책이라는 밀폐된 공간에 한문이라는 갑옷을 입고 옹색하게 들어앉아 있는 고문을 좋다고 여기지도 않는다. 여러 방향으로 열려 있어 대중과의 접촉면을 늘리되 전공자는 전공자로서 자기 영역을 연구하고, 일반인은 자기 수준에 맞게 흥취를 느끼고 교양을 함양하면 될 것이다.

젊어서 처음 맺은 한문과의 작은 인연이 30년이 지난 후『고문진보』를 필사하게 하였고, 그 행위가 책으로 묶여 나왔다. 인생에서 어떤 일이 하나의 결과로 이어지는 것이 이와 같다. 전혀 연관이 없을 것 같은 작은 점들이 세월의 간극을 뛰어넘어 이렇게 하나의 선으로 이어진다.

이 책이 나오기까지 많은 분의 도움을 받았다. 특히 영남대 한문교육과 송병렬 교수가 맨 처음 이 원고를 읽고「발문」을 써주었다. 이「발문」을 통해 우리는『고문진보』에 대한 이해의 폭을 넓힐 수 있을 것이다. 문학과지성사 박지현 편집장과 유자경 디자이너도 빼놓을 수 없다. 나와 출판사 사이에서 여러 일정을 부드럽게 조율하고, 성심껏 실무를 처리해 자칫 지루하고 짜증이 날 작업을 가볍고 살갑게 처리해주었다. 그리고 미흡한 글을 꼼꼼히 바로잡아준 이현숙 님에게도 감사의 인사를 전한다.

한문을 벗어버린『고문진보』, 에세이처럼 가볍게 읽는『고문진보』. 그 가운데서도 특별히 기억해두면 좋을 핵심 문장 '한 구절.' 이 책이 독자에게 어떻게 다가갈지 벌써부터 궁금하다.

2025년 가을

조재도

차례

일러두기

1. 이 책은 『고문진보』에 대한 많은 한글 번역본을 비롯해 을유문화사의 『고문진보』(전집, 후집)를 참고하였다.
2. 작품의 제목 외에 원문 번역과 해설에서 한자를 되도록 사용하지 않았다.
3. 옛글 가운데 가장 진귀하고 보배로운 산문 127편을 모아 엮은 『고문진보』 후집에서 널리 읽히고 회자되는 30편을 선별해 옮기고 풀어 썼다.

어부와의 대화(어부사 漁父辭)

굴원

내[굴원]가 죄인으로 몰려 추방되어 상강 가에서 지낼 때였다. 연못가를 거닐며 읊조렸다. 안색이 마르고 생기가 없으니 어부가

그 당시의 은자, 현자

보고 물었다.

"당신은 초나라의 삼려대부가 아니시오? 어쩌다 이 지경에 이

오늘날 장관쯤 되는 벼슬

르렀소?"

내가 대답했다.

"세상이 온통 다 흐린데 나 혼자 맑고 뭇사람이 다 취했는데 나 혼자 깨어 있으니, 그래서 추방되었다오."

그러자 다시 어부가 말했다.

"세상 이치에 통달한 성인은 바깥 시세에 매여 막히지 않고 세상과 더불어 잘 변해간다오. 세상 사람들이 다 흐리다면, 어찌 그들과 같이 진흙에 더럽혀지지 않았소? 또 뭇사람이 취했다면, 어찌 술지게미를 먹고 모주를 마시며 그들과 함께 취하지 않았소? 무슨 이유로 혼자만 나랏일을 근심하느라 깊이 생각하고 고상하게 행동하여 스스로 추방당하게 되었소?"

이에 내가 말했다.

"나는 머리를 감은 사람은 반드시 갓을 털어서 쓰고, 몸을 씻은 사람은 반드시 옷을 털어서 입는다고 들었소. 어찌 맑고 깨끗한

몸에 더러운 것을 묻힐 수 있겠소? 차라리 상강에 몸을 던져 물고기 뱃속에 장사를 지낼지언정, 어찌 희고 깨끗한 몸에 세상의 티끌과 먼지를 묻힐 수 있단 말이오?”

이 말에 어부가 빙그레 웃고 노를 두드려 가며 노래하길,

“창랑의 물이 맑으면 그 물로 나의 갓끈을 씻을 것이요, 창랑의 물이 흐리면 그 물로 나의 발을 씻을 것이라.”*

이렇게 말한 후 가버려 나는 그와 다시 말하지 않았다.

해설과 감상

이 글은 굴원과 어부가 주고받은 문답 형식으로 되어 있다. 굴원이 너무 청렴결백하여 상강(샹장강) 가로 추방되어 우수에 잠겼을 때, 어부를 만난 일로 이야기가 시작된다. 이 글에 나오는 어부는 은자, 곧 숨어 사는 선비다. 굴원의 삶과 생각에 대비되는 입장을 가진 인물이다. 이 글은 짧지만 굴원의 성격과 세계관이 분명히 드러나 있다. 그는 실제로 나중에 멱라수에 몸을 던지는데, 이러한 죽음을 예견이라도 하듯 그는 난세에 대한 분명한 태도를 보인다.

* ‘창랑의 물이 맑다’는 것은 도가 행해지는 좋은 세상임을 뜻하고, ‘갓끈을 씻는다’는 것은 의관을 갖추어 조정에 나가 벼슬을 한다는 뜻이다. 반대로 ‘창랑의 물이 흐리다’는 것은 도가 없는 어지러운 세상을 말하며, ‘발을 씻는다’는 것은 세상을 피해 숨어 산다는 것을 말한다.

어부는 그와 다른 삶의 방식을 제시하며 그를 비판하지만, 굴원은
어부의 입장에 동조하지 않는다.

한 구절

신목자新沐者(는) 필탄관必彈冠(이요)

신욕자新浴者(는) 필진의必振衣(라)

새로 머리를 감은 사람은 반드시 갓을 털어서 쓰고,

새로 몸을 씻은 사람은 반드시 옷을 털어서 입는다.

창랑지수청혜滄浪之水淸兮(어든) 가이탁오영可以濯吾纓(이요)

창랑지수탁혜滄浪之水濁兮(어든) 가이탁오족可以濯吾足(이라)

창랑의 물이 맑으면 그 물로 나의 갓끈을 씻을 것이요,

창랑의 물이 흐리면 그 물로 나의 발을 씻을 것이다.

굴원(기원전 343?~기원전 277?)

중국 전국시대 초나라의 정치가이자 시인. 초사楚辭라는 운문 형식
의 글을 처음으로 시작했다. 모함을 입어 자신의 뜻을 펴지 못하다
가 멱라수에 빠져 죽었다. 『사기』에는 그의 일생을 이렇게 평했다.
"흙투성이 허물을 벗고 매미가 빠져나오는 듯한 삶이었다. 혼탁한
세상에서 빠져나온 듯 티끌 하나 묻히지 않고 살아간 사람이다." 작
품으로 「이소(근심을 만나다)」 등이 있다.

돌아가자 (귀거래사 歸去來辭)

도연명

돌아가자! 내 고향 전원이 거칠어지는데 어찌 돌아가지 않으랴. 그동안 먹고사는 일에만 마음 썼으니, 이제 그런 일로 근심하고 슬퍼할 일이 무엇인가. 이미 지나간 일은 바로잡을 수 없고, 앞으로 올 일만 고쳐 하면 되겠다. 그동안 벼슬길에 잘못 들어 많이 헤맸으나 정도 正道에서 멀리 벗어나진 않았으니, 오늘 고향으로 돌아가는 것이 옳고 어제까지의 벼슬살이가 잘못임을 분명히 깨달았다.

배는 흔들흔들 가벼이 물살을 헤쳐 나아가고 바람은 한들한들 옷자락을 날린다. 길 가는 나그네에게 고향 길을 물었는데, 아직 새벽이라 주위가 어두워 길을 알 수 없다고 안타까워한다.

드디어 누추한 집 바라보고 기뻐 뛰어가니 심부름꾼 아이가 반갑게 맞이하고, 어린것들이 문에서 공손히 기다린다. 집 안에 들어서니 정원의 세 갈래 오솔길에 잡초가 막 거칠어지는데 소나무와 국화는 그대로 있다. 아이들 손을 잡고 방 안에 들어가니 항아리에 술이 가득하다. 술병과 술잔을 가져다 부어 마시면서 정원의 나뭇가지를 보니 그제야 활짝 웃는다. 남쪽 창에 기대어 기지개를 켜니, 겨우 무릎이나 넣을 만한 좁은 곳이지만 매우 편안하구나.

정원을 매일 거니니 살맛이 난다. 대문이 있긴 하지만 찾아오는 이 없어 늘 닫혀 있다. 지팡이 짚고 거닐다가 아무 데서나 쉬고, 이따금 머리를 들어 먼 곳을 바라보면 구름은 무심히 산봉우리에서 피어나고, 날기에 지친 새들도 돌아올 줄 안다. 햇빛은 어둑어둑하여 날이 지려는데 외로운 소나무 어루만지며 서성거린다.

돌아가자! 이제부터 세상과의 교제와 왕래를 끊어버리자. 세상과 나는 서로 잊으리니, 다시 수레를 타고 무슨 벼슬자리 좇겠는가. 친척들과 정겹게 이야기하고, 거문고와 책을 즐기면서 근심을 달래련다.

농부가 벌써 봄이 왔다고 알려주니, 나도 이제 서쪽 논밭의 일로 바빠지겠다. 어느 때는 휘장을 씌운 작은 수레를 타고 육로를 달리고, 어느 때는 배를 저어 물에서 놀기도 하였다. 혹은 깊은 골짜기의 물을 찾아가기도 하고, 험악한 산길을 지나 아름다운 경치를 즐기기도 하였다. 나뭇가지와 잎에 생기가 가득하고 샘물이 솟아 졸졸졸 흘러내린다.

이렇듯 만물은 봄이 되어 생명이 넘치는데, 나는 점차 인생이 끝나가는 것 같아 서글퍼진다.

그만두자! 세상에 육체를 붙여둠이 앞으로 얼마나 되겠느냐. 남은 생을 내 마음 하고픈 대로 하고 이 몸을 자연의 삶과 죽음에 맡겨야겠다. 어찌 이제 와 서둘러 어디로 가고자 하겠는가. 부귀는 원하는 바가 아니며, 영원한 신선의 나라 역시 원하는 게 아니다. 좋은 시절 봄이 되면 나 혼자 밭에 나가 지팡이를 꽂아놓고, 김을 매거나 흙을 북돋기도 한다. 동쪽 언덕에 올라 조용히 휘파람 불고 맑은 시냇가에서 시를 짓는다. 오로지 자연의 변화에 따르다 돌아가리니, 천명을 즐기면 그만이지 다시 무엇을 의심하겠는가.

해설과 감상

이 글은 도연명이 팽택(장시성 심양 부근)의 현령에 임명된 지 80여 일 만에 관직을 그만두고 고향으로 돌아갈 때 지은 것이다. '귀거'란 '돌아가자'라는 뜻인데, 이 글의 첫머리에 쓰여 그것을 제목으로 삼았다.

글의 첫 부분에는 전원의 황폐함을 염려하고, 고향에 돌아가는 도연명의 기쁜 마음이 묘사되어 있다. 다음에는 집에 돌아온 후 만족스럽고 한적한 생활을 즐기면서, 그 가운데 얼마 남지 않은 만년의 여생을 아쉬워한다. 그리고 후반부에 이르면 이렇게 유유자적하면서 자연의 추이(변화)에 몸을 맡겨 천명을 즐길 것이니, 다시 무엇을 의심하겠냐는 태도를 보여준다.

이 글에는 인생을 자연에 맡겨 자연으로 돌아가고자 하는 지은이의 인생관이 바닥에 깔려 있다. 그러나 그것은 현실도피가 아니다. 도연명은 인생을 부정하거나 인간 사회에서 도피하기 위해 전원으로 돌아간 것이 아니고, 전원에서 농민들과 함께 살기 위해 세속의 관계官界를 떠난 것이다. 이 글에 지은이의 번민이나 감상이 거의 보이지 않고, 원망이나 나무람 같은 감정이 없는 것도 아마 그래서일지 모른다.

한 구절

각금시이작비覺今是而昨非

오늘이 옳고 어제까지의 일이 그릇되었음을 안다.

의남창이기오倚南窓而寄傲(하니) 심용슬지이안審容膝之易安(이라)

남쪽 창에 기대어 기지개를 켜니,
겨우 무릎이나 넣을 만한 좁은 곳이지만 매우 편안하구나.

도연명(365~427)

중국 육조시대 동진東晉의 대시인. 본명은 도잠. 호는 오류선생. 어려서부터 학문을 좋아하여 시문에 뛰어났으며, 전원시인으로도 불린다. 「귀거래사」라는 유명한 사辭를 남겼다.

오류선생 전기 (오류선생전 五柳先生傳)

도연명

선생이 어디 사람인지 알지 못하나 집 주위에 버드나무 다섯 그루가 있어 이를 그의 호로 삼았다. 선생은 마음이 편안하고 고요하여 말수가 적고, 세속의 명예나 이득을 바라지 않았다. 책을 좋아했는데 억지로 그 뜻을 해석하려 하지 않았고, 책 가운데 자기 생각과 꼭 같은 것이 있으면 기뻐서 밥 먹는 일조차 잊고 책을 읽었다.

타고난 성품이 술을 좋아했지만 집이 가난해 늘 구할 수 없으니, 친구들이 그런 줄 알고 혹 술자리를 만들어 초대하면 언제나 다 마셔버려 흠뻑 취하고, 취하면 아무 미련 없이 자리에서 물러났다.

선생이 사는 집은 적막하고 조용하며, 네 벽이 바람과 햇빛조차 가리지 못한다. 또 옷은 몸에도 작은 베옷인데 그조차 구멍이 나서 꿰매 입었다. 식량이 부족해 밥그릇과 국그릇이 자주 비었지만 마음만은 편했다. 항상 글을 지어 스스로 즐기면서 자기 뜻을 표현했고, 세상의 부귀와 빈천을 마음에 두지 않아 자기 뜻대로 일생을 살았다.

요약하여 말하면, 춘추시대 말기 제나라 사람인 검루가 "가난하고 천함을 두려워하지 말고, 부귀에 급급해하지 말라"고 했는데, 이 말의 뜻을 잘 살펴보면 오류선생 같은 사람의 이야기라. 술을 마시고 시를 지어 그 뜻을 즐기니, 무회씨의 백성인가 갈천씨의 백성인가? 요즘 시대 사람 같지 않다.*

해설과 감상

이 글은 도연명이 전기 형식을 빌려 자신의 인생관과 생활관을 객관적으로 서술한 것이다. 따라서 오류선생은 도연명이 상상해 창조한 인물로, 자기 자신이다.

이 글을 통해 우리는 그의 인격과 풍모를 엿볼 수 있다. 그는 무위자연을 즐기고 소탈하며 술을 좋아하지만, 머물고 떠남에 마음 두지 않는다. 가난하지만 세상에 대한 욕심도 없고 부귀나 명예를 바라지도 않는다. 그야말로 순박하다. 그러니 이런 사람은 저 옛날 무회씨나 갈천씨가 다스리던 때의 사람이지, 요즘 세상 사람이라고 하긴 어렵다.

* 무회씨, 갈천씨는 둘 다 중국 고대의 제왕. 도덕으로 세상을 다스려 백성이 모두 사욕이 없고 편안해 천하가 태평하였다고 함.

불척척어빈천 不戚戚於貧賤(하고) **불급급어부귀** 不汲汲於富貴(라)

가난하고 천함을 두려워하지 않고, 부귀에 급급해하지 않는다.

도연명(365~427)

중국 육조시대 동진東晉의 대시인. 본명은 도잠. 호는 오류선생. 어려서부터 학문을 좋아하여 시문에 뛰어났으며, 전원시인으로도 불린다. 「귀거래사」라는 유명한 사辭를 남겼다.

가을 소리에 대하여 (추성부 秋聲賦)

구양수

내〔구양수〕가 밤에 책을 읽는데 서남쪽에서 어떤 소리가 들렸다. 머리끝이 쭈뼛해져 그 소리에 바짝 귀를 기울이곤 혼잣말을 했다.

"이상하다."

처음에는 부슬부슬 비 오는 소리더니, 돌연히 거센 물결이 뛰어올라 바위에 부딪히는 소리 같구나. 다시 거센 파도가 밤에 거칠게 일고, 비바람이 느닷없이 몰아치는 것 같았다.

그것이 물건에 부딪혀 쨍그랑쨍그랑 금속 소리를 내면서 쇠붙이나 철이 우는 듯한 소리가 들리기도 하고, 마치 적을 향해 진군하는 병사들이 재갈을 입에 물고 질주하는 것 같은데 호령 소리는 들리지 않고 사람과 말의 발걸음 소리만 들리는 것 같았다.

나는 심부름하는 아이에게 무슨 소리인지 알아보라고 했다. 그 아이가 말했다.

"달과 별이 희고 맑으며 은하수가 하늘에 또렷하니 비가 오는 것은 아닙니다. 사방에 인적이 고요한데 그 소리는 나뭇가지 사이에서 납니다.”

　아이의 말을 듣고 내가 말했다.

　“아, 슬프다. 이것이 바로 가을 소리다. 오기를 바라지도 않았는데 가을은 무엇 때문에 왔을까? 대개 가을의 모습은 그 색깔이 참담하여 안개는 흩어지고 구름은 걷혀 고요하다. 그 모양이 맑고 깨끗해 하늘은 높고 햇빛은 찬란하다. 또 가을의 기운은 살을 에듯 차가워 사람의 살과 뼈를 찌르고, 그 분위기는 몹시 쓸쓸하여 산천이 적막하고 고요하다.

　그래서 그 소리는 처절하며 울부짖듯 세차게 일어난다. 봄여름에 무성한 풀이 녹음을 다투고 나무들 울창하여 보기 좋더니, 그런 풀도 가을 기운이 한번 휩쓸면 색이 변하고 나무도 가을이 되면 잎이 말라 떨어지니 이는 가을 기운이 매서운 까닭이다.

　무릇 가을은 벼슬로 말하면 죄지은 이를 처벌하는 사법 관리요, 시절로는 음기요, 또 무기의 형상이다. 무기로 사물을 죽이듯 가을에는 초목을 말려 죽이는 살기가 있다. 목·화·토·금·수 오행으로는 금金이고 이를 천지의 의기 곧 서릿발과 같이 엄격한 기운이라 하니, 가을은 늘 쌀쌀하게 말려 죽이는 것이 본심이다. 하늘이 만물을 대함에 봄에는 나서 자라게 하고 가을엔 열매를 맺게 한다.

　그러므로 음악으로 보면 궁상각치우 오성 가운데 하나인 상성인데, 상성은 가을의 소리로 서쪽의 음악을 주관한다. 또 십이율을 일 년 열두 달에 배치하면 이칙이 되는데, 칠월의 율은 곧 가을의 음률이 된다. 상성의 상商은 상하게 하는 것이니 만물이 이미 늙어감을 슬퍼하고 상심하는 것이요, 또 이칙의 이夷는 살육 곧 죽인다는 뜻이니 만물은 성할 때를 지나면 마땅히 죽게 되는 것이다.

아, 슬프다! 초목은 감정이 없지만 때가 되면 나부껴 떨어진다. 인간은 동물이자 만물의 영장이다. 백 가지 근심이 마음에 느껴지며 많은 일이 그 몸을 수고롭게 한다. 마음속에 움직이는 게 있으면 반드시 그 정신이 움직이니 자신의 힘이 미치지 못하는 바를 바라고, 자기 지혜로 어찌할 수 없는 일을 근심하면 심신만 더욱 괴로워진다. 그리하면 마땅히 붉고 반질반질하던 젊은 얼굴이 노쇠하여 고목처럼 되고, 칠흑같이 검던 머리가 희끗희끗한 백발이 된다.

돌과 쇠처럼 불변의 재질이 아니면서 사람이 어찌 초목의 생명력과 다투겠는가. 생각건대 누가 인간의 생명력을 상하게 하는가. 그것은 다만 자연의 섭리일 뿐이니, 어찌 가을 소리를 두고 한스럽다 하겠는가.”

심부름하는 아이는 대답도 없이 머리를 떨어뜨린 채 잠이 들고, 사방 벽에서 들려오는 가을벌레들 울음소리만이 나의 탄식을 더해주는 듯하다.

해설과 감상

이 글은 구양수가 52세 때 지었다고 한다.

가을바람 소리로 시작하여 음양오행 사상이나 벼슬, 음악 등 자연과 연관 있는 것들에 대해 서술하다가, 자연으로서의 가을을 인생에 빗대어 이야기한다. 곧 가을에 만물이 조락함을 슬퍼하며, 그러한 자연의 섭리가 인간의 영고성쇠를 지배한다는 깨달음을 글을 통해 드러낸다.

독자는 이 글에서 가을의 슬픔을 진하게 느낄 것이다. 특히 글의 앞부분과 끝부분이 이 글을 명문으로 만들어준다.

밤에 책을 읽던 중, 비바람 소리인 듯 파도 소리인 듯 또 사람과 말이 내달리는 듯한 소리가 들려 심부름하는 아이에게 나가보라고 하니, 밤하늘은 맑고 사람의 그림자조차 없는데 나뭇가지 사이로 바람 부는 소리만이 들려왔다고 한다.

이야기가 끝났을 때 심부름하는 아이는 말없이 고개를 숙인 채 잠들어 있고, 벌레 소리만 자기의 탄식을 더하는 것 같다는 장면은 시간의 경과와 더불어 가을밤의 쓸쓸함을 잘 드러낸다.

한 구절

황사기력지소불급 況思其力之所不及 (하고)

우기지지소불능 憂其智之所不能 (이리오)

어찌 자신의 힘이 미치지 못하는 바를 바라고,
자기 지혜로 어찌할 수 없는 일을 근심하겠는가.

구양수(1007~1072)

중국 송나라 때의 문장가. 당대의 대문장가인 한유의 작품에 영향을 받아 평이하고 간결한 고문체 부흥에 힘썼다. 글을 잘 쓰기 위한 방법으로 '삼다三多'(많이 읽고 많이 쓰고 많이 생각한다)를 말했고, 당송 팔대가의 한 사람이다.

파리 (증창승부憎蒼蠅賦)
구양수

파리야, 파리야! 나는 네가 생물이 된 것을 슬퍼한다.

너는 벌이나 전갈같이 독침 꼬리도 없고, 모기나 등에처럼 날카로운 부리도 없어서, 다행히 사람들이 두려워하지는 않지만 좋아하지도 않는다.

네 몸은 지극히 작아서 배를 채우기는 쉬울 거다. 잔과 그릇에 남은 찌꺼기와 생선 접시에 남은 비린내로 네 배는 쉽게 채워지겠지. 네가 바라는 것은 아주 작아서 지나치면 오히려 견디기 어려울 텐데, 무엇을 찾아 하루 종일 그렇게 앵앵거리며 왔다 갔다 하느냐?

음식 냄새가 나는 곳마다 가지 않는 곳이 없고 또 삽시간에 모여드니, 서로서로 알려주기라도 하는가? 너희가 비록 덩치는 작지만 사람에게 끼치는 해악은 아주 심각하다. 심지어 서까래 화려한 넓고 큰 집의, 진기한 대자리를 깐 네모난 침상까지 찾아온다. 바람조차 후덥지근하여 속이 답답한 여름날, 정신은 혼미하고 기운이 없어 흐르는 땀이 국물을 이룰 때, 팔다리가 늘어지고

두 눈앞이 흐리고 게슴츠레할 때, 베개를 높이 베고 한잠 자고 일어나 더위를 잠시나마 잊고자 하였는데,

너는 나와 무슨 원수를 졌길래 나에게 그렇게 해를 입히느냐? 나에게 몰려와 머리를 더듬고 얼굴을 마구 두드리며 소매 속으로 바지 속으로 뚫고 들어온다. 눈썹 끝에 모이거나 눈두덩에 기어다녀 잠을 자려고 다시 팔을 저어보지만, 팔이 저려 꼼짝할 수 없는데도 너를 쫓아야 하니,

이놈의 파리야! 이리되면 어찌 공자가 꿈속에서 주공을 뵐 수 있으며, 장자가 꿈속에서 나비가 되어 날 수 있겠느냐?

하인이나 어린애에게 부채질하라 했더니, 그들마저 머릴 떨군 채 팔뚝이 축 늘어져, 어떤 녀석은 선 채로 졸다가 냅다 앞으로 넘어지니 이것이 너의 첫째 해악이다.

또 높은 지붕 멋진 집에서 반갑고 귀한 손님과 함께 술 사고 포를 사다 준비하고 대자리를 펴 연회석을 마련하여 하루의 여가를 즐기려 하는데, 어디서 날아온 파리들인지 새까맣게 몰려와 막을 수가 없다. 그릇과 접시에 몰려들어 주방에 진을 치며 혹은 좋은 술에 취해 술잔에 빠져 허우적거리거나 뜨거운 국물에 빠져 죽기도 한다. 그렇게 죽은 파리는 뉘우치지도 않지만, 우리 인간들에

게 탐욕에 빠지는 것을 경계하는 듯하다.

　파리 중에서도 특히 '경적'이라는 붉은 머리 파리를 경계해야 한다. 그놈이 한번 빠진 음식은 아무도 먹지 않는다. 그놈은 혼자 다니지 않고 떼 지어 다닌다. 머리를 흔들고 날개를 치면 순식간에 모이고 흩어져 끊임없이 여기저기 옮겨 다닌다.

　주인과 손님이 의관을 단정히 하고 술잔을 주고받을 때 그놈들이 또 들이닥치니, 나는 그놈들을 쫓느라 손을 휘두르고 발을 구르느라 낯빛이 붉어진다. 그러니 진나라 왕연인들 언제 청담을 즐기며, 한나라 가의인들 어떻게 터져 나오는 한숨을 참으랴. 이 것이 파리의 둘째 해악이다.

　식초와 젓갈, 장과 장조림 같은 것을 만들 때 일정 기간 동안 항아리에 넣고 조심스럽게 뚜껑을 닫아두어야 한다. 그런데 이 파리라는 것들이 달려들어 백 가지 방법으로 틈을 엿본다. 큰 고기나 살진 고기, 좋은 안주 맛 좋은 것에 이르기까지 뚜껑이 조금만이라도 열리기를 기다렸다가 지키는 자가 졸기라도 해서 조금만 방비를 게을리해도, 어느새 알을 무더기로 까, 그것들이 번식하면 음식이 썩어 문드러진다. 이럴 때 친한 친구가 졸지에 들이닥치면 집 안에 대접할 게 없으니 돌연 기쁨도 사라진다. 하인은 근심에 차 자기 죄로 돌려 허물을 입게 되니, 이것이 파리의 셋째 해악이다.

지금까지 말한 세 가지 해악은 모두 큰 것이다. 나머지 작은 것까지 하면 이루 말할 수 없이 많다.

아, 「지극의 시」*여. 육경 가운데 하나인 『시경』에서 다루었으니 시인의 넓은 지식과 비유의 정교함을 보겠다.

그렇구나. 너를 나라를 어지럽히는 참소꾼으로 풍자하였으니, 파리야 너야말로 정말 가증스럽구나!

해설과 감상

파리를 소재로 참소꾼인 소인배를 풍자한 글이다.

파리가 목숨을 가진 생물인 것을 슬퍼한다고 시작하는 이 글은 크게 파리의 세 가지 해악을 말한 후 끝에서 『시경』에 있는 「지극의 시」를 빌려 이 글의 주제를 제시한다. 임금 곁에서 온갖 아첨으

* 지극止棘은 '가시나무에 멈추다'라는 뜻으로, 시의 내용은 다음과 같다. "쉬파리가 윙윙 날더니 / 울타리에 와 앉았네 / 졸리우신 우리 임금님이여 / 참소하는 말만은 믿지 마오 // 쉬파리가 윙윙 날더니 / 가시울에 와 앉았네 / 참소꾼은 끝도 없이 / 온 나라를 어지럽히네."

로 나라를 망치는 참소꾼을, 인간에게 온갖 해악을 끼치는 파리에 빗대어 풍자했다.

구양수는 이 글의 제목처럼 파리에 대한 증오와 저주를 쏟아내고 있다. 구양수의 글 가운데 이처럼 풍자적이고 참여적인 글은 없다. 그의 다른 글이 정감 있고 부드러운 문장으로 되어 있음을 볼 때 더욱 그렇다. 훗날 사람들은 이 글을 두고 "세상 사람의 인정이 파리보다 더한데, 그가 파리만 미워한 것이 이상하다. 아마 파리가 말을 할 줄 알았다면, 불공평하다는 불평이 산과 같았을 것이다"라고 하여, 짐짓 파리의 억울함을 편들기도 하였다.

한 구절

심두박면尋頭撲面(하고) **입수천상**入袖穿裳(이라)

머리를 더듬고 얼굴을 마구 두드리며 소매 속으로 바지 속으로 뚫고 들어온다.

구양수(1007~1072)

중국 송나라 때의 문장가. 당대의 대문장가인 한유의 작품에 영향을 받아 평이하고 간결한 고문체 부흥에 힘썼다. 글을 잘 쓰기 위한 방법으로 '삼다三多'(많이 읽고 많이 쓰고 많이 생각한다)를 말했고, 당송 팔대가의 한 사람이다.

매미 울음소리를 듣고(명선부 鳴蟬賦)

구양수

가우 원년(1056년) 여름에 큰비가 내려, 나는 황제의 명으로 예천궁에서 날씨가 개기를 빌었는데, 매미 울음소리를 듣고 감동하여 부를 지었다.

엄숙한 사당에서 공경히 제사 지내며,
사당의 높이 솟은 모습을 본다.
주변을 살펴보고 듣기를 그만두고 생각을 맑게 하여,
내 마음을 깨끗이 하고 정성을 들인다.
정(고요함)으로 동(움직임)을 구하니
만물의 실정이 보인다.
이때 아침 비가 갑자기 그치고
잔바람도 불지 않아,
사방에 구름 한 점 없이 푸른 하늘이 드러나고,
멀리서 우레의 여운이 우르르 들렸다.

곧 향기로운 자리를 깔고 앉아 화려한 집 앞뜰을 내려다보니,
고목 몇 그루가 빈 뜰 풀 사이에 있다.
이때 나무 꼭대기에서

한 물건이 우는데,

맑은 바람을 끌어들여 길게 휘파람을 불기도 하고,

가는 가지를 끌어안고 한숨짓기도 한다.

맴맴 우는 소리는 피리와 다르고,

영롱한 맑은 소리는 현악기와 같다.

천을 찢듯 부르짖다가 다시 흐느끼고,

처량하게 끊어질 듯하다가도 다시 이어진다.

자기만의 소리로 울어서 운율을 가늠하기 어렵지만,

오음의 자연스러움을 품고 있다.

나는 그것이 어떤 것인지 알지 못하는데,

이름이 매미라 한다.

어찌 사물에 따라 형체를 만들어

변할 수 있는 존재가 아닌가?

더러운 흙에서 나와

맑은 공허함을 흠모하는 존재인가?

바람을 타고 높이 나니

머물 곳을 아는 것인가?

우람하고 무성한 나무의

시원한 그늘을 좋아하는 존재인가?

바람과 이슬을 마시니

능히 신선이 된 자인가?

예쁘게 갈래머리를 하고 있으니
길고 아름다운 존재인가?

그 소리는 즐겁지도 슬프지도 않으며
궁 음도 치 음도 아니다.
어찌 그렇게 울고
또 어찌 그렇게 멈추는가?
나는 일찍이 만물이
울기 좋아함을 슬퍼했다.
사계절이 바뀔 때는
온갖 새들이 울어대고,
한 절기가 바뀔 때면
온갖 벌레들이 놀란다.
귀여운 아이나 예쁜 여자아이의
말소리는 꾀꼬리처럼 지저귀고,
베 짜는 소리가
베짱이 귀뚜라미 소리와 합창한다.
새가 온갖 소리로 우는 것은
진실로 사랑스럽다.
벌레가 배를 당기고 다리를 움직이는 것이
어찌 억지로 그렇게 하는 것이겠는가.
심지어 더러운 연못 흐린 물속에서도

비가 오면 맹꽁이가 시끄럽게 울고,

지렁이는 물 마시고 흙을 먹으며

밤새도록 노래한다.

저 맹꽁이는 본시 바라는 바가 있는 듯하지만,

지렁이는 무엇을 구하려 그리할까?

이 외에 크고 작은 온갖 것을

일일이 다 들 수 없지만,

각각 절기에 따른 종류들이 있어

그 형상이 생긴 대로 따라가고,

스스로 그칠 줄 몰라

재능을 다투는 듯하다가,

갑자기 시절이 변하여 만물도 변하면,

모두 일시에 잠잠해져 소리 내지 않게 된다.

아아, 통달한 선비가 '만물이 똑같다'고 보는 것은

만물이 모두 한가지이기 때문이다.

사람이 그중에

가장 귀중한 것은

대개 그 말을 다듬고

그것을 글로 전할 수 있기 때문이다.

그래서 생각을 다하고

혈기를 소모하여

혹 그 가난의 시름을 읊기도 하고,

혹 그의 의지를 드러내기도 하니,

비록 만물과 함께 끝난다 해도

백 년에 걸쳐 장구히 운다.

나 또한 그러함을 어찌 알겠는가.

오로지 즐기며 스스로 기뻐할 뿐이다.

바야흐로 득실을 생각하고

같고 다름을 비교하고 있는데,

갑자기 검은 구름이 다시 일어

천둥 번개 함께 치고

큰비 쏟아지니,

매미 소리도 마침내 사라지고 말았다.

해설과 감상

이 글은 앞서 나온 「가을 소리에 대하여(추성부)」와 함께 구양수 산문의 백미로 꼽힌다. 이 글은 가우 원년(1056년) 중국 송나라 인종 때 폭우가 쏟아져 황제가 구양수에게 예천궁에서 제사를 드려 하늘을 달래도록 했다는 데서 시작된다. 구양수는 정성을 다해 제사를 지냈고, 그래서였는지 갑자기 비가 멎고 푸른 하늘이 드러난다. 그때 앞집 뜰의 나무에서 매미가 우는 소리를 듣고 이 글을 지었다고 한다. 그러니까 이 글은 매미 울음소리를 듣고 그 소리를 묘사하다가, 천지 만물은 우는 것을 좋아하며 '사람은 문장(글)으로 운다'는 내용 전개를 통해 지은이의 심오한 예술론을 보여주고 있다.

여름이면 흔히 듣는 소리가 매미 소리다. 우리는 매미 소리를 들어도 그런가 보다 하며 무심히 지나친다. 그러나 옛사람들은 구양수처럼 매미 소리를 통해 자신의 예술론을 펼쳐 보이기도 하고, 진나라 시인 육운처럼 매미를 오덕五德(문文, 청淸, 염廉, 검儉, 신信)을 지닌 곤충으로 여겨 다섯 가지 덕목을 실천하며 살았다. 미미한 곤충 하나에도 특별한 의미를 부여하여 살았던 옛 선인의 삶의 자세를 느낄 수 있다.

한 구절

수공진어만물雖共盡於萬物(이나)
내장명어백세乃長鳴於百世(라)

비록 만물과 함께 끝난다 해도
백 년에 걸쳐 장구히 운다.

중국 송나라 때의 문장가. 당대의 대문장가인 한유의 작품에 영향을 받아 평이하고 간결한 고문체 부흥에 힘썼다. 글을 잘 쓰기 위한 방법으로 '삼다三多'(많이 읽고 많이 쓰고 많이 생각한다)를 말했고, 당송 팔대가의 한 사람이다.

적벽대전 유적지에서_전편(전적벽부 前赤壁賦)

소동파

임술년(1082년) 가을 7월 16일, 나는 손님과 함께 배를 띄워 적벽 아래에서 놀았다. 시원한 바람이 잔잔히 불어 물결도 일지 않았다. 술을 들어 손님에게 권하며 명월의 시를 읊고 요조의 장을 노래하였다.

『시경』의 한 장

잠시 후 달이 동산 위로 떠올라 남두육성과 견우성 사이를 배회하였다. 백로는 강물과 나란히 비껴 날고 물빛이 하늘에 닿아 있다. 갈대 같은 작은 배 한 척이 흘러가는 대로 한없이 드넓은 강물을 아득히 넘는데, 넓고 넓어 허공에 의지한 채 머물 곳을 모르는 듯 바람을 타고 무한정 앞으로 나아가는 것이 날개가 돋아 신선이 되는 것 같았다.

그 신비한 풍경에 술을 마시고 매우 즐거워 뱃전을 두드리며 이렇게 노래하였다.
"계수나무 노와 목란의 삿대로
달빛 맑은 수면을 치며 강물을 거슬러 위로 올라갔네.
아득하구나, 내 생각이여! 하늘 끝에 있는 미인을 여기서 바라보네."

손님 가운데 한 사람이 내 노래에 화답하여 퉁소를 불었는데, 그 소리가 구슬퍼 원망하는 듯, 사모하는 듯, 흐느껴 우는 듯, 하소연하는 듯하였다. 또 가는 실타래 풀리듯 끊이지 않는 소리가 깊은 골짜기에 숨은 용을 춤추게 하고, 외로운 작은 배에 홀로 사는 과부를 흐느끼게 하였다.

내가 슬픈 안색으로 옷깃을 단정히 여미고 바로 앉아 손님에게 물었다.

"어찌하여 소리가 그토록 구슬픈가?"

그러자 그가 대답했다.

"달 밝고 별이 드문데 까막까치가 남쪽으로 날아간다 함은 조맹덕의 시*가 아닙니까? 서쪽으로 하구夏口를 바라보고 동쪽으로

* 삼국시대 위나라의 시조 조조(자는 맹덕)가 지은 시 「단가행」을 말한다. 『삼국지연의』에 실렸다.

달이 밝으니 별이 드물고
까막까치 남쪽으로 날아가네.
나무를 세 번 돌아도
의지할 가지 없네.

여기서 "달이 밝으니 별이 드물고"의 '월명'은 조조 자신을 비유한 말로서 곧 자신의 위세에 군웅이 자취를 감춘다는 뜻이고, "까막까치 남쪽으로 날아가네" 함은 유비가 패하여 달아남을 뜻한다. 그리고 "나무를 세 번 돌아도 의지할 가지 없네"는 유비가 패하여 발붙일 곳이 없음을 의미한다. 소동파가 놀던 적벽이 삼국시대 오나라의 주

무창武昌을 바라본즉, 산과 강이 서로 얽혀 있고 숲은 무성하고 싱싱하니, 이곳은 조맹덕이 주유에게 곤욕을 치른 곳이 아닙니까?

조조가 바야흐로 형주를 깨뜨리고 강릉을 점령해 물을 따라 동쪽으로 나아갈 때, 배의 앞머리와 꼬리가 천 리에 걸쳐 뻗었고 군사들 깃발은 하늘을 뒤덮었습니다. 그때 그가 배 안에서 술잔을 들고 강물을 바라보며 창을 놓고 시를 지으니, 진실로 조맹덕이야말로 일세의 영웅 아닙니까? 그런데 지금 그는 어디에 있습니까?*

하물며 나와 그대같이 강가에서 물고기나 잡고 나무하며, 고라니와 사슴을 벗하여 사는 미미한 존재 따위야 말해 무엇 하겠습니까? 한 조각 작은 배를 타고 바가지에 술이나 부어 서로에게 권하니, 덧없고 하찮기가 하루살이 목숨 같고 아득한 바다에 뜬 좁쌀 한 알과 같지 않습니까? 그래서 저는 인생이 잠깐임을 슬퍼하고 장강의 무궁함을 부러워하는 것입니다. 날아다니는 신선을 끌어안고 마음껏 노닐면서 밝은 달을 껴안고 오래 살다 죽고 싶지만, 그럴 수 없음을 깨달아 슬픈 마음 퉁소의 가냘픈 가락에 담아 가을바람에 날려본 것입니다.”

손님이 말을 마치자 내가 말했다.

유와 조조가 싸웠던 바로 그 적벽은 아니지만, 이름이 같은 적벽이라 이 같은 고사를 생각한 것이다.
* 조조 같은 영웅도 지금은 죽어 흔적이 없다.

"그대도 저 물과 달을 아는가? 흐르는 물은 이렇게 흘러가지만 지금까지 다 흘러간 적이 없으며, 찼다 이지러지는 것이 저 달과 같지만 달은 없어지지도 커지지도 않고 그대로 있다. 대개 변하는 관점으로 우주 만물을 본다면 천지도 한순간이나마 그대로인 적이 없고, 변하지 않는 관점으로 본다면 만물과 내가 모두 다함이 없으니 무엇을 부러워하겠는가?*

또 천지 사이 만물에는 각각 주인이 있으니 내 소유가 아니라면 털끝만큼도 취해서는 안 되지만, 오직 강 위의 맑은 바람과 산 사이 밝은 달은 귀로 들으면 소리로 삼고 눈으로 보면 빛이 되나니 이것은 가져도 막을 수 없고 써도 다함이 없다. 그러니 이는 조물주가 빚어낸 무진장한 것이요, 나와 그대가 이렇게 함께 즐기는 것이다."

손님이 내 말을 듣고 기뻐 웃으며 술잔을 씻어 다시 술을 권하니, 안주가 다하고 잔과 접시가 어지럽게 흩어져 있다. 배 가운데 취해 상대를 베개 삼아 누웠으니, 어느덧 동방이 훤하게 동터오는 줄 몰랐다.

* 그러니 장강(양쯔강)의 무궁함을 부러워할 필요가 없다.

소동파가 쓴 「적벽부」에는 「전적벽부」와 「후적벽부」가 있다. 「전적벽부」는 송나라 원풍 5년(1082년) 7월 16일에 썼고, 「후적벽부」는 그로부터 3개월 후에 쓴 것이다.

소동파는 본명이 소식으로, 1079년에 황주로 유배되어 그곳에 설당雪堂*을 짓고 동파거사를 호로 삼았다.

중국에는 '적벽'이라는 곳이 여러 군데 있다. 이 글에 나오는 적벽은 후베이성에 있는 적벽으로 붉은 암벽이 솟아 있다. 『삼국지연의』에 실린 오나라 장군 주유가 위나라 조조의 백만 대군을 격파한 적벽은 이 글에 나오는 적벽과 그리 멀지 않은 곳에 있어, 그 고사를 끌어다 쓴 것이다.

이 글에서 손님은 지금 노니는 곳이 옛 전쟁터였던 적벽과 이름이 같기에 삼국시대의 영웅 조맹덕(조조)을 회상한다. 일세의 영웅이었던 그도 한번 죽으면 공허할 뿐인데, 창해일속滄海一粟(넓은 바다 한가운데 좁쌀 한 알)에 불과한 자기 신세야 더 말할 나위 없음을 장강의 영원함에 빗대어 부러워한다.

그러자 소동파는 우주 만물은 겉보기에는 길고 짧음이 있어도 변화한다는 점에서는 모두 같으므로, 만물은 하나이며 각 존재는 평등하니 무엇을 부러워할 필요가 없다고 주장한다. 곧 누구도 소

---

* 소동파가 황주에 유배되었을 때 지은 집. 많은 눈을 무릅쓰고 지었다고 함.

유할 수 없고, 아무리 써도 다함이 없는 시원한 바람과 하늘에 뜬 달을 즐기면서 자기의 개성과 본분에 맞게 살아가면 족하다는 것이다.

이 같은 소동파의 말은 세상 모든 일을 끌어안는 달관의 자세로, 그 당시 유배되어 있던 그가 엄혹한 환경에 굴하지 않고 유유자적한 생활을 즐길 수 있는 힘이 되었을 것이다.

한 구절

우화이등선羽化而登仙

날개가 돋아 신선이 되다.

소동파(1037~1101)

중국 송나라 때의 문장가. 본명은 소식. 아버지 소순, 동생 소철과 함께 '3소三蘇'로 불리며, 이들 모두 당송 팔대가에 속한다. 소동파는 조정의 정치를 비방하는 시를 썼다는 죄로 황주로 유배되었는데, 이때 농사짓던 땅을 동쪽 언덕이라는 뜻의 '동파東坡'로 이름 짓고 호로 삼았다.

적벽대전 유적지에서 _ 후편 (후적벽부 後赤壁賦)

소동파

그해 10월 보름이었다. 설당에서 나와 임고정으로 돌아가기 위해 나는 두 손님과 함께 황니 고개를 지났다. 벌써 서리와 이슬이 내리고 나뭇잎은 모두 떨어져 있었다. 우리의 그림자가 땅에 어른거리기에 고개 들어 높이 뜬 밝은 달을 바라보았다. 주위를 둘러보다 문득 즐거워 거닐면서 노래 부르니 손님도 따라 불렀다.

그러다 잠시 후 내가 탄식하며 말했다.

"손님이 계신데 술이 없구나! 또 술이 있으면 안주가 없구나! 달은 밝고 바람 서늘한데, 이리도 좋은 밤을 어이 보내나."

그러자 한 손님이 말했다.

"오늘 저녁 어스름 무렵 그물을 건져보니 물고기가 잡혔습니다. 주둥이가 크고 비늘은 가늘어 그 모습이 영락없이 송강의 농어 같습니다. 그런데 술은 어디서 구하지요?"

그리하여 다시 집에 와 아내와 상의했다. 아내가 말하기를,

"당신이 느닷없이 찾을 것 같아, 오래전부터 술 한 말 숨겨둔 게 있어요" 하여 술과 물고기를 가지고 다시 적벽 아래로 유람을 나

갔다.

 강물은 소리 내어 흐르고, 깎아지른 절벽은 천 길 높이로 솟아 있다. 산은 높고 더 높게 떠 작아 보이는 달, 강물이 줄어 드러난 바위들. 대체 세월이 얼마나 흘렀길래 이렇게 알아볼 수조차 없을 정도로 강산이 변한 걸까.

 나는 옷소매를 걷어붙이고 배에서 내려 육지에 올랐다. 가파른 바위를 타고 올라가 가시밭길 수풀을 헤치며 지나갔다. 포효하는 호랑이 바위, 꿈틀대는 이무기 나무에 오르기도 하였다. 아찔하게 높은 곳에 매의 둥지가 있어 거기에도 기어올라, 강물 속 풍이의 아득한 수궁을 내려다보았다. 두 손님은 나처럼 하지 못했다.

 갑자기 찢어지는 듯한 소리를 질러보았다. 초목이 떨고 산이 울어 골짜기에 메아리쳤다. 바람이 일고 물결이 용솟음쳤다. 나는 문득 서글퍼져 두려운 생각마저 들었다. 시릴 정도로 두려운 마음에 더 이상 머무를 수 없었다.

 몸을 돌려 다시 배에 올랐다. 강 한복판에 배를 띄우고 물보라이는 대로 물결이 흐르는 대로 내버려두었다. 때는 바야흐로 한밤중, 사방을 둘러보아도 고요와 적막함뿐이었다. 그때였다. 강을 거슬러 동쪽에서 학이 한 마리 날아왔다. 날개는 수레바퀴 같고 검은 치마에 흰옷을 걸친 듯한데, 끄아악— 길게 울더니 내가 탄 배를 스쳐 지나 서쪽으로 사라졌다.

잠시 후 손님들은 가고 나도 잠이 들었다. 꿈속에서 한 도사가 날개옷을 펄럭이며 임고정 밑을 지나와, 홀연 나에게 인사로 예를 표하고 말을 건넸다.

"적벽에서 노는 게 즐거웠습니까?"

나는 그의 이름을 물어보았다. 그는 아무 대답도 하지 않고 고개만 숙이고 있었다.

"아하, 그렇구려! 이제 알겠습니다! 지난밤 길게 울며 내 곁을 스쳐 날아간 학이 바로 당신이지요?"

내 말에 도사가 고개를 돌려 빙그레 웃었다. 나는 깜짝 놀라 잠에서 깨어났다. 창을 열고 밖을 내다보았으나 그는 종적조차 보이지 않았다.

해설과 감상

「전적벽부」에 이은 「후적벽부」에는 노장사상의 영향이 강하게 나타나 있다. 전편이 적벽에서 친구들과 뱃놀이하면서 옛날을 회고하고 인생과 대자연의 의미를 노래했다면, 후편에서는 적벽에 감도는 겨울 풍경의 아름다움과 자연과 일체가 되려는 그의 사상을 감동 어린 시선으로 묘사한다.

황주로 유배 간 후 소동파의 생활은 궁핍했다고 한다. 부인은 하루 종일 누에고치로 실을 뽑아 옷감을 짜고, 소동파는 친구가 빌려준 자갈투성이 밭에 농사를 지으며 근근이 살아가야 했다. 이 글에 나오는 인물들의 면면을 살펴보면, 이렇게 어려운 생활 와중에도 삶의 여유를 잃지 않으려는 모습을 발견할 수 있다. 술이 없으니 어떻게 좀 안 되겠냐는 소동파의 말에 군말 없이 술 한 말을 내놓는 아내, 유유자적 적벽으로 뱃놀이 가는 손님들을 보라.

이 글에서 한 가지 의아스러운 부분이 있다. 소동파가 배에서 내려 육지에 올라와 한 행동이다. 두 손님이 따라 하지 못할 기행을 서슴없이 하는데, 이를 어떻게 보아야 할까? 유배되어 궁벽한 산촌에 살다 친구(손님)들을 만나 술 한잔 걸치고, 거나한 김에 거칠 것 없이 행동한 것일까?

이 글의 백미는 후반부, 배에서 스쳐 간 학이 꿈에 도사로 나타난 장면이다. 노장의 신선 사상이 강하게 드러나는 부분으로, 삶을 멀리 관조하며 여유롭게 살아가는 그의 모습이 잘 나타나 있다.

한 구절

시여차륜翅如車輪(하고) 현상호의玄裳縞衣(라)

날개는 수레바퀴 같고 검은 치마에 흰옷이라.

소동파(1037~1101)

중국 송나라 때의 문장가. 본명은 소식. 아버지 소순, 동생 소철과 함께 '3소三蘇'로 불리며, 이들 모두 당송 팔대가에 속한다. 소동파는 조정의 정치를 비방하는 시를 썼다는 죄로 황주로 유배되었는데, 이 때 농사짓던 땅을 동쪽 언덕이라는 뜻의 '동파東坡'로 이름 짓고 호로 삼았다.

이런저런 이야기 (잡설雜說 네번째 이야기—마설馬說)

한유

세상에 **백락**이 있은 후에야 천리마가 있게 된다. 천리마는 늘 있어도 백락은 그렇지 않다. 그래서 비록 명마가 있더라도 그것을 알아보는 사람이 없으면, 종들의 손에 욕이나 당하며 마구간에서 다른 말들과 같이 죽어 천리마로 불리지 못한다.

천리마는 한 번에 곡식 한 섬을 먹어치우기도 한다. 그런데 말을 기르는 자는 그 말이 천리마인 줄 알고 기르는 게 아니다. 그 말이 천 리를 달릴 수 있는 능력이 있어도, 배불리 먹지 못하면 힘이 부족해 그 능력을 밖으로 드러내지 못한다. 게다가 보통 말과 같아지려 해도 그럴 수 없으니, 어찌 그 말이 천 리를 달릴 수 있기를 바라겠는가?

천리마를 채찍질하는데 **도道**로 하지 않고, 먹이긴 하지만 재능을 다하게 하지 않고, 울어도 그 뜻을 알아주지 않으면서 채찍만 잡고 말하기를 "천하에 좋은 말이 없다"라고 하니,

정말 좋은 말이 없는 것인가? 아니면 좋은 말을 알아보지 못하는 것인가?

해설과 감상

이 글은 한유의 「잡설」네 편 중 '마설' 부분이다. 「잡설」의 첫째 편은 용, 둘째 편은 의(의술), 셋째 편은 학, 넷째 편은 말에 관해 이야기하고 있다.

아, 세상에는 참으로 천리마가 없는가, 아니면 천리마를 알아보는 사람이 없는가? 사실은 천리마가 없는 것이 아니라, 그 말을 알아보는 사람이 없는 것이다. 말도 그렇지만 사람의 경우는 더더욱 그렇다. 재능 있는 사람이 발탁되지 못하고 초야에 묻혀 지내는 것을 천리마에 비유하여 이야기하고 있다.

한 구절

기진무마야其眞無馬耶 기진불식마야其眞不識馬耶
정말 좋은 말이 없는 것인가?
아니면 좋은 말을 알아보지 못하는 것인가?

> **한유(768~824)**
>
> 중국 당나라 때의 문장가이자 정치가, 사상가. 당송 팔대가의 한 사람으로 자는 퇴지, 한문공이라고도 한다. 빼어난 시와 산문을 많이 남겼다.

인간의 근본을 논함(원인原人)

한유

위에 형상을 이루어 나타나 있는 것을 하늘이라 하고, 아래에 형상을 이루어 나타나 있는 것을 땅이라 하며, 하늘과 땅 사이 이름 지어진 것을 사람이라고 한다. 위에 있는 해·달·별은 모두 하늘에 속하고, 아래 있는 풀·나무·산·강은 땅에 속하며, 하늘과 땅 사이에 있는 오랑캐와 짐승은 모두 사람에 속한다.

그렇다면 우리가 짐승을 사람이라고 해도 되는가? 그건 안 된다. 산을 가리켜 "산인가?" 묻는다면 산이라고 해도 된다. 산에는 풀과 나무, 짐승이 있는데, 산에 난 풀 한 포기를 가리켜 "산인가?" 물으면 산이라고 하면 안 된다.

그러므로 하늘의 도리가 어지러우면 해·달·별의 운행이 바르지 못하고, 땅의 도리가 어지러우면 풀·나무·산·강이 안정을 얻지 못하며, 사람의 도가 어지러우면 오랑캐와 짐승이 본성을 잃는다.

만물에 주어진 참모습

하늘은 해·달·별의 주인이고, 땅은 풀·나무·산·강의 주인이며, 사람은 오랑캐와 짐승의 주인이다. 주인이 포악하면 주인 된 도리를 잃게 되니, 성인은 모든 것을 하나로 보아 똑같이 사랑하고 가까운 것을 열심히 하여 멀리까지 미친다.*

해설과 감상

‘원原’은 근원적 사실에 따라 논하는 문체를 말한다. 이 글은 지은이가 쓴 「오원류」(원도原道, 원성原性, 원인原人, 원귀原鬼, 원훼原毀) 가운데 한 편이다. 사람의 근본 도리는 인仁을 베푸는 데 있음을 반복하여 말하고 있다.

한 구절

일시이동인一視而同仁(하고) 독근이거원篤近而擧遠(이라)

모든 것을 하나로 보아 똑같이 사랑하고 가까운 것을 열심히 하여 멀리까지 미친다.

한유(768~824)

중국 당나라 때의 문장가이자 정치가, 사상가. 당송 팔대가의 한 사람으로 자는 퇴지, 한문공이라고도 한다. 빼어난 시와 산문을 많이 남겼다.

---

* 자신에게 주어진 평범한 일부터 열심히 하여, 그 덕이 멀리까지 미치게 한다.

모영(붓)의 집안과 생애 이야기 (모영전 毛穎傳)

한유

모영은 중산 사람이다. 그의 선조는 명시이니 우임금을 도와 동쪽 땅을 다스렸다. 만물을 기르는 데 공을 세워 묘 땅에 봉해지고, 죽어서 십이신의 하나가 되었다. 일찍이 말하기를 "내 자손은 천지신명의 후손이어서 다른 동물과 같아서는 안 되니 마땅히 새끼를 입으로 토해 낳을 것이다" 하더니, 그 뒤로 과연 그렇게 되었다. 명시의 8대 후손의 이름은 누다. 세상에 전하는 말로는 은나라 때 중산에 살다가 신선술을 터득하여 투명해져 몸을 감추고 사물을 부릴 줄 알게 되었다. 항아가 불사약을 훔쳐 두꺼비를 타고 달에 들어가서 그의 후손들은 끝내 거기에 숨어 살며 벼슬하지 않게 되었다 한다.

동곽에 사는 준이라는 자는 날래고 달리기를 잘하여 한로와 능력을 겨루었는데, 한로가 준을 이기지 못하자 화가 나서 송작과 모의하여 준을 죽이고 그 집안을 모두 죽여 소금에 절였다 한다.

진시황제 때에 몽염 장군이 남쪽 초나라를 정벌하다가 중산에 묵게 되었는데, 크게 사냥을 하여 초나라가 두려워하도록 만들고자 했다. 먼저 좌우의 부대장과 장교들을 불러놓고 연산으로 점을 쳤는데, 하늘과 인문을 뜻하는 점괘가 나왔다. 점쟁이가 축하하며 말했다. "오늘 잡을 짐승은 뿔도 없고 이빨도 없는 거친 베옷을 입은 무리입니다. 입은 언청이이고 긴 수염이 났으며, 몸에는 여덟 구멍이 있고 웅크리고 앉아 있습니다. 오직 그놈의 머리털을 취하여 그것으로 대쪽과 나무쪽에 글씨를 쓰면 천하의 글씨가 통일될 것이며, 진나라는 마침내 제후들을 합병하게 될 것입니다!"

마침내 사냥하여 털 짐승 무리를 포위하여 그중 털이 긴 놈을 골라잡아 모영을 수레에 싣고 돌아와 장대궁에 포로로 바치고, 그의 족속들도 모아서 그와 함께 묶어두었다. 진나라 황제는 몽염을 시켜 그를 목욕시킨 다음 관성에 봉하여 관성자라 부르게 했는데, 날로 황제의 총애가 두터워져 일들을 맡아 처리하게 되었다.

모영의 사람됨은 기억력이 좋고 민첩하여 태곳적부터 진나라에 이르기까지 모든 일을 글로 적었고, 음양과 복서와 점치고 관상 보는 것, 의약과 족보와 산림과 지리, 문자와 회화와 제자백가와 천인天人 등에 관한 글과 부처와 노자와 외국의 학설에 이르기까지 모두 자세히 기록하였다. 또 그 시대의 업무에도 통달하여 관청의 공문과 상거래 장부와 돈거래 기록과 여러 가지 기록을 오직 황제가 시키는 대로 적으니, 진시황제와 태자인 부소와 호

해, 승상 이사와 중거부령 조고, 아래로는 나라 사람들에 이르기
까지 그를 사랑하고 중히 여기지 않는 이가 없게 되었다.

또 사람들의 뜻을 잘 따라서, 바르고 곧고 비뚤어지고 굽고 교
묘하고 졸렬한 것을 모두 그 사람에 따라서 했으며, 비록 버려지
더라도 끝내 입을 다물고 아는 일을 누설하지 않았다. 다만 무인
들은 좋아하지 않았으나 요청이 있으면 역시 곧 갔다. 벼슬은 중
서령에 올라 황제와 더욱 허물없이 지내게 되었으니 황제가 일찍
이 그를 중서군이라 불렀다. 황제가 친히 정사를 행할 때는 매일
한 섬의 분량을 보는 것을 규정으로 정하니 비록 궁인이라 하더
라도 황제의 좌우에 설 수 없었으나, 오직 모영과 촛불 든 사람만
은 늘 시종으로 삼으니 황제가 쉬어야 비로소 쉴 수가 있었다.

모영은 강주 사람 진현과 홍농 사람 도홍과 회계 사람 저선생
과 가까이 벗하며 서로 밀어주고 이끌어주면서 그들이 외출할 때
반드시 함께하였다. 황제가 모영을 부르면 이들 세 사람은 황제
의 명령을 기다리지 않고 언제나 함께 갔으나, 황제도 이상하게
여긴 적이 없었다.

그 후 그가 황제를 뵐 때, 황제께서 부리실 일이 있어 그를 뽑아
쓰려는데 관을 벗고 사양하였다. 황제가 보니 그의 머리가 다 벗
어지고 또 그가 베끼고 그리는 것이 황제의 뜻에 들어맞지 않아

웃으면서 말하였다.

"중서군이 늙어서 머리가 벗어져 나의 쓰임을 감당할 수 없게 되었다.* 나는 일찍이 그대를 중서로 생각해 등용했는데, 그대는 이제 중서의 일을 맡기에는 알맞지 않구려!"

그가 대답하였다.

"저는 이른바 마음을 다한 사람입니다."

그래서 다시는 불려 가지 않고 봉읍으로 돌아가 일생을 마쳤다. (이하 생략)

해설과 감상

이 글의 제목인 '모영전'에서 '영'은 곡식의 이삭 또는 뾰족한 끝이란 뜻이다. 따라서 모영은 붓을 나타내는 말로, 붓을 의인화하여 부른 이름이다. '전傳'은 '가전假傳'이니, 이 글은 붓을 의인화한 작품이다. 따라서 이 글을 읽기 위해서는 각각의 말이 무엇을 의미하는지 알아야 한다. 지명과 신화적 의미의 단어 등이 품고 있는 맥락을 잘 알아야 작품을 이해하고 그 묘미를 느낄 수 있다.

가전체 소설은 설화문학의 한 형태로 고전소설의 원형이 되었다. 사물을 의인화하여 사대부들이 고문 작법을 연습하고 실력을

* 붓의 털이 다 닳은 것을 뜻함.

과시하려는 목적으로 쓰였으며, 우리나라에서는 고려 중기 이후 나타나는데 임춘의 「국순전」 「공방전」이 문헌상 최초의 작품이다. 「국순전」은 누룩(술)을, 「공방전」은 돈을 의인화했다. 중국에서는 한유의 「모영전」이 가전 작품으로는 최초의 것이다.

생략된 뒷부분에 나오는 "진나라가 다른 제후들을 멸망시키는 데 모영도 공을 세웠으나 그 공로에 대한 상은 주어지지 않고 늙었다 하여 버림받았으니, 진나라는 정말 은총을 베푸는 데 인색하였도다"라는 내용을 보면, 이 글을 쓴 한유가 천하를 통일한 진나라에 대해 비판적 시각을 갖고 있음을 알 수 있다.

한 구절

불가여물동不可與物同(이니) **당토이생**當吐而生(이라)

다른 동물과 같아서는 안 되니
마땅히 새끼를 입으로 토해 낳을 것이다.

한유(768~824)

중국 당나라 때의 문장가이자 정치가, 사상가. 당송 팔대가의 한 사람으로 자는 퇴지, 한문공이라고도 한다. 빼어난 시와 산문을 많이 남겼다.

연꽃을 사랑함에 대하어 (애련설 愛蓮說)

주돈이

바다와 육지에 나는 풀과 나무의 꽃 중에는 사랑스러운 것들이 아주 많다. 진나라의 도연명은 유독 국화를 좋아했고, 당나라 이래 세상 사람들은 모란을 몹시 사랑했다.

그러나 나는 연꽃을 사랑한다. 진흙 속에서 피어나지만 더러움에 물들지 않고, 맑은 잔물결에 씻겨도 요염하지 않으며, 속은 비어 있되 꽃대는 쭉 곧아 덩굴도 지지 않고 가지도 치지 않으며, 향기는 멀수록 맑고, 깨끗하게 우뚝 서 있으니, 멀리서 바라볼 수는 있되 함부로 다룰 수 없다.

나는 말한다. 국화는 꽃 중의 은일자요,* 모란은 꽃 중의 부귀자요,** 연꽃은 꽃 중의 군자라고.

아! 도연명 이후 국화를 진정으로 사랑했다는 사람을 들어 본 적이 없으니, 나처럼 연꽃을 진정으로 사랑하는 이가 몇이나

* 국화는 모든 꽃이 지고 난 뒤 홀로 찬 서리를 맞으며 피기에 속세를 떠나 사는 은자와 같다.
** 모란은 꽃 중에서도 사치스러운 꽃이니 부귀한 사람 같다.

될까?

세상에는 모란을 사랑하는 사람들이 많다.*

해설과 감상

이 글은 지은이가 연꽃을 사랑하는 이유를 간결한 문장에 뛰어난 비유를 들어 밝힌 것이다. 당나라 이후 사람들은 부귀를 상징하는 모란꽃을 좋아하는데, 지은이는 연꽃을 좋아한다. 연꽃에는 군자의 덕이 있기 때문이다.

연꽃은 진흙 속에서 피되 더러움에 물들지 않고, 잔물결에 씻겨도 요염하지 않다. 줄기는 비어 있으나 꼿꼿하고, 함부로 덩굴을 뻗어 여기저기 번거롭게 하거나 가지를 많이 쳐 쓸데없이 몸을 부풀리지 않는다. 이러한 연꽃은 군자가 갖추어야 할 품격과 같으니, 멀리서 바라볼 수는 있지만 가까이 가서 함부로 할 수 없다.

도연명이 국화를 사랑하듯 나도 연꽃을 사랑한다. 그러나 세상 사람들은 저마다 부귀공명을 탐하여 모란꽃을 좋아하니, 이 또한 어쩔 수 없는 일 아닌가?

* 세상 사람들이 모두 부귀공명을 탐하니 모란을 좋아하는 것이 어쩌면 당연한 일이다.

한 구절

가원관이불가설완언可遠觀而不可褻翫焉(이라)

멀리서 바라볼 수는 있되 함부로 다룰 수 없다.

주돈이(1017~1073)

중국 북송 때의 유학자. 도가와 불교의 주요 개념을 수용하여 성리학의 전신인 도학道學을 창시했다.

봄밤 도리원 잔치에서 지은 시문의 서

(춘야연도리원서 春夜宴桃李園序)

이백

천지는 만물을 맞이하여 머물게 하는 여관 같은 곳이요, 세월은 영원히 쉬지 않고 천지 사이를 흘러가는 나그네 같다. 덧없는 인생 꿈과 같으니, 즐긴다 한들 얼마나 되겠는가? 옛사람들이 촛불을 들고 밤에도 놀았던 것은 진실로 까닭이 있었구나.

하물며 따뜻한 봄날이 아름다운 경치로 나를 부르고, 자연이 아름다운 봄의 색채를 나에게 빌려주었음에랴. 그러니 이 봄밤을 한층 즐겨야 한다. 오늘 밤 도리원 뜰에 모여 우리 형제들이 즐거움을 차례로 펼치니, 여러 아우의 글솜씨가 혜련같이 모두 빼어나거늘 내가 읊은 시만이 강락만 못해서야 되겠는가?

복숭아꽃과 자두꽃이 핀 향기로운 정원

남조 송나라 때의 사혜련을 뜻함. 시를 잘 지었다

남조 송나라 때의 사령운을 뜻함. 시를 잘 지었다

그윽한 시 감상이 끝나지 않고 격조 높은 담론이 점점 이어진다. 화려한 잔치를 벌여 꽃 사이에 마주 앉아 새 모양 술잔을 주고받으며 달 아래 취하니, 아름다운 글이 없으면 어찌 우아한 마음을 드러낼 수 있으랴. 만약 시를 짓지 못하면, 그 벌로 금곡*의 벌주서 말을 따라야 할 것이다.

이 글은 이백이 봄밤에 여러 형제와 도리원에 모여 잔치를 벌일 때 쓴 것이다. 잔치에 참석한 형제들이 서로 시를 지으며 술을 마셨는데, 이때 지은 시를 모아 책으로 엮을 때 이백이 그 책에 서문으로 썼다.

복숭아꽃, 자두꽃이 활짝 핀 봄밤. 천지는 온갖 만물이 잠시 머물다 가는 곳이요, 시간은 그 사이를 지나가는 나그네 같다. 때가 되면 모든 것은 이 지상을 떠나야 한다. 그처럼 인생은 짧은 것이다. 그러니 촛불을 켜고 밤새도록 놀았던 옛사람들의 마음을 이해할 수 있겠다.

더구나 지금은 만물이 소생하는 봄이 아닌가. 아지랑이 그윽한 경치가 나를 부르고, 천지자연이 온갖 아름다운 빛깔을 나에게 빌려주는데 어찌 즐기지 않을 수 있겠는가? 여러 아우가 쓴 시는 남조 송나라 때의 탁월한 시인인 사혜련에 비길 만하니, 내 시 또한 사혜련과 쌍벽을 이룬 강락 정도는 되어야 하지 않겠는가.

술잔이 오가는 사이 격조 높은 담론이 이어진다. 아, 어느새 달빛 아래 취하는구나. 오늘 같은 밤 시를 짓지 못하면, 벌주로 술 서 말을 따라야 할 것이다.

---

* 금곡원. 허난성 북서쪽에 위치한 정원으로 서진 시대의 대부호 석숭이 지음. 이 정원을 두고 당나라 시인 두목이 권력과 인생의 덧없음을 시로 노래하였다.

한 구절

천지만물지역려天地萬物之逆旅(요)

광음백대지과객光陰百代之過客(이라)

천지는 만물을 맞이하여 머물게 하는 여관 같은 곳이요,

세월은 영원히 쉬지 않고 천지 사이를 흘러가는 나그네 같다.

이백(701~762)

흔히 '이태백'이라고 한다. 두보와 더불어 중국 당나라 때 대시인이다. 그의 시는 거칠 것 없는 자유분방함과 천재적 시풍에 도가적 풍모가 깃들어 있어 사람들은 그를 '시선' '적선'(인간 세계로 귀양 온 시선)이라고도 했다.

설존의를 보내며 지은 글(송설존의서 送薛存義序)

유종원

하동의 설존의가 다른 곳으로 떠나려 해서, 내가 쟁반에 고기를 담고 잔에 술을 채워 물가까지 따라가 그를 전송하며 술과 고기를 권했다.

그리고 말했다.

"그대는 지방의 관리 된 자가 해야 할 직분을 아는가? 지방의 관리란 백성의 심부름꾼이어야지, 백성을 부리기만 해서는 안 되네.

땅을 일궈 먹고사는 백성이 소득의 10분의 1을 내어 관리를 고용하는 것은, 그 대가로 백성을 잘 보살펴달라는 것이네. 그런데 지금 그 값을 받고도 일을 게을리하는 자 천하에 많네. 어찌 게으르다고만 하겠는가? 더 나아가 훔치기까지 하지.

만약 어떤 집에서 일꾼 하나를 고용했는데 대가를 받고도 일을 게을리하고 재물을 훔치기까지 했다면, 심히 노하여 그를 내쫓고 벌을 줄 것이네. 지금 세상이 이와 같은데, 백성이 감히 화내고 마음대로 내쫓지 못함은 무엇 때문인가? 세력이 같지 않기 때문이네. 세력은 같지 않으나 이치는 같은 법이니, 우리 백성을 어찌해야 할까? 이치에 통달한 사람이라면 무서워하고 두려워하지 않

"

겠는가?

자네가 영릉 현령의 서리로 근무한 지 2년이네. 아침 일찍 일어나 밤늦게까지 부지런히 애쓰고 마음을 수고롭게 하여 소송은 공평하고 과세는 균등하며, 노약자임에도 사람을 속이거나 난폭하게 다투고 미워하는 일이 없었네. 그런 점에서 볼 때 자네가 백성에게 봉록을 헛되이 받지 않았음이 틀림없으니, 이는 자네가 백성을 무서워하고 두려워할 줄 알았음이 분명하네.

나는 지금 귀양살이를 해 비천하고 욕되어, 관리들의 공과를 살펴 그들을 승진시키거나 탈락시키는 논의에 참여할 수 없네. 그래서 자네가 떠나는 길에 술과 안주를 상으로 주고 글을 써서 바치는 것일세."

해설과 감상

이 글은 설존의가 영주 영릉현의 현령 서리를 지낸 지 2년, 임기가 차서 다른 곳으로 전임되어 갈 때 같은 곳에서 귀양살이하던 유종원이 그와 작별하면서 지은 전별문이다.

글 구성에 특이한 점은 없다. 말하고자 하는 내용을 솔직하고 분명하게 직설적으로 표현하고 있다.

"관리는 백성의 심부름꾼이다. 백성에게 봉사하고, 그들 힘에 의해 생활하는 자다. 백성을 사랑하는 자만이 관리가 될 자격이 있다"라는 관리를 바라보는 유종원의 관점이 잘 드러나 있다.

백성을 섬기기는커녕 자기 밑에 놓고 마구 부리고 약탈을 일삼는 탐관오리가 많다는 것을 떠올릴 때, 관리의 존재 이유와 소임에 대해 말하고 있는 이 글이 소중하다.

한 구절

이우토자吏于土者(는) 개민지역盖民之役(이요)

비역민非役民(이라)

지방의 관리란 백성의 심부름꾼이어야지,
백성을 부리기만 해서는 안 되네.

유종원(773~819)

중국 당나라 때의 시인. 당송 팔대가의 한 사람. 한유와 함께 고문운동의 선도자로서 합리주의에 기초한 논설과 자연을 묘사한 전원시로 이름이 높다.

대목수 이야기 (재인전 梓人傳)

유종원

배봉숙의 집은 광덕리에 있다. 어느 날 목수 한 사람이 찾아와 품삯으로 방을 빌려 머물기를 청했다. 그가 맡아서 하는 일은 자로 길이를 재고, 원과 정방형을 그리고, 먹줄로 줄을 긋는 대목수였다. 그러나 그에게는 갈고 쪼개는 공구가 없었다.

무엇을 잘하냐고 물으니 그가 말하기를, "저는 목재를 잘 헤아립니다. 저는 집의 구조만 보아도 목재의 높고 낮고 둥글고 네모나고 길고 짧음을 알아, 일꾼들에게 가르쳐주어 일하게 합니다. 제가 없으면 일꾼들은 집 한 채도 짓지 못합니다. 그래서 저는 관가에서 일하면 세 배나 되는 품삯을 받고, 사가에서 일하면 품삯의 반을 더 받습니다"라고 하였다.

며칠 후 그의 방에 가보았다. 침대 다리가 망가졌는데도 고치지 않고, 다른 목수를 불러다 고치려 한다고 했다. 나는 속으로 그를 심히 비웃으며 돈만 밝히는 무능한 사람이라고 생각했다.

그 후 경조윤[당나라 수도인 장안을 다스리던 관직, 지금의 서울시장에 해당함]이 관청을 수리하게 되었는데, 마침 그곳을 지나가게 되었다. 수많은 목재가 쌓여 있고, 일꾼들 여럿이 모여 있었다. 어떤 이는 도끼를 들고 어떤 이는 톱을 쥐고, 모두 그 목수를 향해 둥그렇게 서 있었다.

목수는 왼손에 긴 자를, 오른손에 막대기를 쥐고 가운데 서 있었다. 그런데 그가 목재를 헤아리고 나무의 용도를 살핀 뒤 "저기엔 도끼" 하면 도끼 든 사람이 오른쪽으로 달려갔다. 또 고개를 돌려 "저기엔 톱" 하면 톱을 쥔 사람이 왼쪽으로 달려갔다.

잠시 후 도끼로 쪼개고 대패로 깎는데, 모두가 목수의 안색을 살피고 지시를 기다리며, 감히 자기 마음대로 하지 못하였다. 또 제대로 일하지 못하는 사람은 화를 내며 쫓아내는데도, 감히 아무 말도 하지 못했다. 그는 건물의 설계도를 담 위에 그려놓았는데, 한 척(약 30센티미터)에 불과했지만 그 설계가 자세하고 정확했으며 터럭 하나까지 치밀하게 계산돼 큰 건물을 짓는 데 조금도 오차가 없었다.

건물이 완성되자 대들보에 쓰기를 "몇 년 몇 월 아무개가 세움"이라 하는데, 자기 이름만 쓸 뿐 같이 작업한 일꾼들 이름은 쓰지 않았다. 나는 사방을 두루 살펴본 후에야 크게 놀랐다. 그제야 나는 그의 기술이 대단함을 알았다.

이어서 나는 탄식하며 말했다.

"저 사람은 손 기술을 버리고, 오로지 마음의 지혜만을 사용하여 일의 핵심을 아는 자다. 내가 듣건대 '정신을 쓰는 자는 다른 사람을 부리고, 육체의 힘을 쓰는 자는 부림을 당한다'고 하더니, 저 사람은 정신을 쓰는 사람이다. '능력 있는 사람은 재주를 쓰고 지혜로운 사람은 일을 계획한다'고 하는데, 저 사람이야말로 정말 지혜로운 사람이 아닌가?"

(이하 생략)

해설과 감상

이 글은 대목수 이야기를 통해 정치에 대해 설명하고 있다. 지은이는 "천자를 도와 천하를 다스리는 재상은 관리를 천거하여 임무를 부과하고, 지휘하여 부리며, 정치의 기강을 바로잡아 신축성 있게 운용하면서 법령과 제도를 통일하여 정돈해야 한다. 이는 곧 목수가 그림쇠와 곡척과 먹줄과 먹통을 가지고 규격을 정하는 것과 같다"라고 했는데, 이 글이 지은이의 그러한 생각을 잘 드러내고 있다. 따라서 뒤에 생략된 글은 목수 이야기에 이어 천자를 도와 천하를 다스리는 재상에 관한 이야기다.

대목수가 여러 일꾼을 다스리면서도 자기 솜씨를 뽐내지 않는 것과 같이, 천하를 다스리는 재상도 그 같은 인품을 바탕으로 천하를 다스려야 비로소 천하가 태평해진다는 것이다.

한 구절

노심자勞心者(는) 역인役人(하고)

노력자勞力者(는) 역어인役於人(이라)

정신을 쓰는 자는 다른 사람을 부리고,

육체의 힘을 쓰는 자는 부림을 당한다.

유종원(773~819)

중국 당나라 때의 시인. 당송 팔대가의 한 사람. 한유와 함께 고문운
동의 선도자로서 합리주의에 기초한 논설과 자연을 묘사한 전원시
로 이름이 높다.

뱀 잡는 사람 이야기 (포사자설捕蛇者說)

유종원

영주 들녘에 기이한 뱀이 나는데, 검은 바탕에 흰 줄무늬를 띠었다. 그 뱀이 초목에 닿으면 모조리 죽었고, 사람이 물리면 치료할 방법이 없었다. 하지만 그 뱀을 잡아 말려서 약으로 먹으면 심한 풍이나 팔다리가 굽는 병, 종기나 나병을 치료할 수 있고, 죽은 피부나 삼시충도 없앨 수 있다고 하였다.

> 형체는 없으나 사람을 죽게 하는 귀신 같은 것

처음에 어의가 왕명으로 그 뱀들을 모아들여 1년에 두 마리를 세금 대신 내도록 했다. 그래서 뱀 잘 잡는 사람들을 모아 잡은 뱀으로 세금을 내게 하니, 영주 사람들이 다투어 나서게 되었다.

장 씨라는 이가 있었다. 그는 삼대에 걸쳐 이 일을 해왔다. 그에게 물으니 말하기를, "제 할아버지도 그 뱀 때문에 죽었고 아버지도 그랬으며, 이 일을 한 지 12년이 되었는데 저도 여러 번 죽을 뻔했지요"라고 했다. 그렇게 말하는 그의 모습이 꽤 슬퍼 보였다.

나는 측은한 생각이 들어, "자네 이 일을 하기 싫은가? 만약 그렇다면 내가 담당관에게 말해서 자네 일을 바꾸어주고, 대신 세금을 내게 하면 어떻겠는가?" 하고 물었다. 그러자 장 씨는 몹시 슬퍼하며 눈물을 흘리더니 말했다. "선생께서 저를 불쌍히 여겨 살려주려는 것입니까? 제가 이 일을 하면서 겪는 불행은, 저에게 세금이 다시 부과되어 겪는 불행만 못합니다.* 애당초 이 일을 하지 않았다면 저는 살기 더 어려웠을 것입니다. 우리 집안이 삼대에 걸쳐 이곳에 살아 지금까지 60년이 되었지만 이웃의 생활은 날로 궁핍해졌습니다. 땅에서 나오는 것들과 집안 수입 모두 바닥이 나 도와달라 외치면서 여기저기 떠돌다 목마름과 굶주림에 쓰러지는가 하면, 비바람에 추위와 더위를 겪으면서 전염병에 걸려 죽은 자들도 부지기수입니다.

예전에 제 할아버지와 함께 살았던 사람 가운데, 지금 남아 있는 집안은 열에 하나도 되지 않습니다. 제 아버지와 함께 살았던 사람들도 열에 두셋도 되지 않습니다. 또 저와 함께 12년 동안 살았던 사람들은 열에 네다섯 정도밖에 남아 있지 않습니다. 그들은 모두 죽거나 마을을 떠났는데, 오로지 저만 이렇게 뱀을 잡으며 살고 있습니다.

또 혹독한 관리가 마을에 와 사방으로 소란을 피우고 다니며 시끄럽게 굴면, 모두들 놀라 닭이나 개도 편안하지 못합니다. 그러나 저는 살금살금 일어나 항아리를 보고, 뱀이 남아 있으면 안심하고 다시 눕습니다. 조심히 뱀에게 먹이를 주며 기르다 때가 되면 나라에 바치고 돌아와, 제 땅에서 나는 것들을 먹으며 편안

---

* 뱀 잡는 일을 하는 고통보다 세금 내는 고통이 더 크다.

히 살다 죽을 것입니다.

죽음을 무릅쓰는 때는 대체로 1년에 두 번이고 그 나머지는 마음 놓고 희희낙락할 수 있으니, 어찌 이웃 사람들이 저와 같을 수 있겠습니까? 비록 지금 이 일을 하다 죽더라도 이웃 사람들에 비하면 늦게 죽는 셈이니, 어찌 감히 제가 이 일을 원망하겠습니까?”

이야기를 듣고 나서 나는 더욱 슬퍼졌다. 공자께서 말한 “가혹한 정치는 호랑이보다 더 무섭다”라는 말을 일찍이 의심했는데, 장 씨 말을 듣고서야 그 말의 참뜻을 믿게 되었다. 아! 세금을 거둬들이는 혹독함이, 그 뱀을 잡는 것보다 더욱 심할 줄이야 누가 알았겠는가? 그런 까닭에 이 글을 지어, 백성의 풍속을 살피는 사람들에게 도움을 주고자 한다.

해설과 감상

이 글은 뱀을 잡는 땅꾼으로 살아가는 한 인물을 통해 그릇된 정치가 백성에게 끼치는 피해를 고발하고 있다. 높은 세금으로 백성이 진흙 구덩이에 빠져 헤어나지 못하던 때 지은이는 영주(지금의 후난성 소재) 사마로 좌천되는데, 그때 땅꾼 장 씨에게 들은 이야기를 바탕으로 이 글을 지었다고 한다.

부패한 정치가 얼마나 백성을 도탄에 빠지게 하는지를, 죽지 못해 살아가는 땅꾼 장 씨의 말을 직접 인용해 비판한다. 적절한 비유와 사실적 근거로 글에 진실함을 더하고 있다.

한 구절

가정맹어호苛政猛於虎

가혹한 정치는 호랑이보다 더 무섭다.

유종원(773~819)

중국 당나라 때의 시인. 당송 팔대가의 한 사람. 한유와 함께 고문운동의 선도자로서 합리주의에 기초한 논설과 자연을 묘사한 전원시로 이름이 높다.

정원사 곽탁타 이야기(종수곽탁타전種樹郭橐駝傳)

유종원

곽탁타라는 사람의 이름은 잘 모르겠다. 그는 곱사등이어서 허리를 구부리고 다녔는데, 마을 사람들이 그에게 낙타와 비슷하다고 하여 '탁타'라고 했다. 그는 그 소리를 듣고 "참 좋다. 나에게 꼭 어울리는 이름이구나" 하며, 자기 이름을 버리고 스스로를 탁타라고 했다. 탁타가 사는 마을은 풍악이라는 곳인데, 장안의 서쪽에 있었다. 탁타의 직업은 나무를 심고 가꾸는 일이었다.

장안의 권세 높은 양반이나 부자 중 나무를 기르거나 과일을 사려는 사람들은 모두 그를 맞아들여 나무를 돌보게 하였다. 탁타가 심은 나무는 옮겨 심어도 죽지 않으며, 언제나 잎이 무성하고 열매도 일찍 많이 맺었다.

다른 사람들이 배워서 그대로 해보아도 탁타와 같지 않았다. 어떤 사람이 그 이유를 묻자 탁타는,

"제가 나무를 오래 살고 잘 자라게 하는 것이 아닙니다. 저는 나무의 본성을 거스르지 않고, 본성이 잘 발휘되도록 돌봐줄 뿐입니다. 나무의 본성에 따르려면 뿌리는 곧게 뻗을 수 있게 하고, 북돋울 때는 평평하게 하며, 흙은 본래의 것으로 하고 뿌리 사이를 꼭꼭 다져주어야 합니다. 일단 이렇게 심고 난 다음에는 건드리

지 말고 걱정하지도 말며 더 이상 돌보지 않고 내버려두어 처음 심을 때는 자식처럼 하되, 심은 후에는 내버린 것처럼 하면 나무의 본성이 잘 보존되어 잘 자랍니다. 저는 나무의 성장을 방해하지 않을 뿐 나무를 크고 무성하게 하는 것이 아니며, 열매 맺는 것을 방해하지 않을 뿐 열매를 일찍 맺고 많이 맺게 할 수는 없습니다"라고 말했다.

또 이어 말하기를,

"그런데 다른 사람들은 그렇게 하지 않습니다. 뿌리를 주먹처럼 구부려 심고, 흙도 원래 흙이 아닌 다른 것으로 덮으며, 뿌리에 흙을 북돋는 일도 너무 지나치거나 모자라게 합니다. 게다가 이 같은 방법과 반대로 하는 사람은 나무의 본성을 거슬러 나무를 너무 지나치게 사랑하고 걱정한 나머지, 아침에 나가 돌봐주고 저녁에 나가 어루만지거나 심할 때는 나무가 죽었는지 살았는지 보려고 손톱으로 껍질을 벗겨보기도 합니다. 또 나무뿌리를 흔들어서 흙이 제대로 채워졌는지 알아보기도 하니, 나무는 본성을 잃고 시들거나 말라 죽고 맙니다. 나무를 사랑해서라고 하지만 실은 해치는 것이며, 걱정되어 그런다지만 실은 원수가 되는 것입니다. 저는 다만 그렇게 하지 않을 뿐이니, 그것 말고 저에게 무슨 능력이 있겠습니까?"라고 하였다.

그러자 처음 물었던 사람이 다시 묻기를,

"당신의 나무 가꾸는 법을 백성을 다스리는 데 쓰면 좋지 않겠
소?" 하자, 탁타가 대답했다.

"저는 나무 가꾸는 일만 알 뿐, 다스리는 일은 알지 못합니다.
그런데 제가 고향에 있을 때 번거롭게 명 내리기를 좋아하는 관
리를 보았습니다. 그는 백성을 사랑하는 것 같았으나 끝내 화가
되었습니다.

아침저녁으로 관리들이 나와 나라의 명령이라며 소리치기를,
빨리 밭 갈아라, 부지런히 심어라, 힘써 수확해라, 빨리 누에고치
에서 실 뽑아라, 빨리 옷감을 짜라, 어린애들을 잘 키워라, 닭과
돼지를 잘 길러라 하고, 북을 울려 사람들을 모이게 하고, 목탁을
쳐 사람들을 불러냈습니다. 그러니 우리 같은 사람들은 아침저녁
으로 밥을 해 관리들을 대접하기에도 바쁘니, 어떻게 우리 생활
을 풍성히 할 수 있겠으며 우리 본성을 편안히 할 수 있었겠습니
까? 결국 병들고 게을러지고 말았습니다. 이러니 나의 일과 비슷
한 점이 있겠습니까?"

그러자 물었던 사람이 기뻐하며 말했다.

"그래요. 정말 그렇군요. 나무 가꾸는 법을 물었다가 사람 돌보
는 법을 터득했구나!"

이 일을 후세에 전하여 관리들이 지켜야 할 경계로 삼는다.

이 글은 나무를 잘 심고 기르기로 소문난 곽탁타라는 사람에 대한 전기 형식의 글이다.

'탁'은 자루 탁으로 헝겊 주머니의 일종이고 '타'는 낙타를 가리키니, 낙타 등에 자루처럼 불룩 솟은 혹이 있어 '탁타'라고 부른 것이다.

모든 것은 제각기 다른 본성이 있다. 나무는 나무로서의 본성이 있고, 사람은 사람으로서의 본성이 있다. 무슨 일이든 그 본성을 거스르면 일이 잘 진행되지 않는다. 나무 한 그루를 심어 가꾸는 데도 나무의 본성을 해치지 않고 돌봐주어야 나무는 저절로 잘 자라 많은 열매를 맺는다. 이러한 이치는 사람도 마찬가지다. 관리들이 시시콜콜 간섭하고 몰아치면, 오히려 백성은 병들고 게을러진다. 나무를 심고 기르는 이치를 통해 사람을 다스리는 정치의 핵심을 말하고 있다.

애지愛之(나) 기실해지其實害之(며)
우지憂之(나) 기실수지其實讐之(라)

사랑해서라고 하지만 실은 해치는 것이며,
걱정되어 그런다지만 실은 원수가 되는 것이다.

대나무를 기르는 이야기 (양죽기 養竹記)

백낙천

    대나무는 현명한 사람과 비슷하다. 왜 그런가? 대나무는 뿌리가 단단하여, 단단함으로써 덕을 세운다. 군자는 그 뿌리를 보면 잘 서서 뽑히지 않음을 생각한다. 대나무는 성질이 곧아서, 그 곧음으로 자신의 몸을 서게 한다. 군자는 대나무의 곧은 성질을 보면 의지하지 않는 중립中立을 생각한다. 대나무는 속이 비어서, 비어 있음으로써 도를 체득한다. 군자는 그 빈 속을 보면 곧 마음을 비우고 남을 받아들일 방법을 생각한다. 대나무는 마디가 곧아서, 곧음으로써 뜻을 세운다. 군자는 대나무의 마디를 보면 자기 행실을 부지런히 갈고닦아서 평탄할 때나 험난할 때나 한결같기를 생각한다. 이러하여 군자들이 대나무를 많이 심어 정원수로 삼는 것이다.

    정원 19년(803년) 봄에 발췌과에 급제하여 교서랑이란 벼슬에 임명되었다. 처음 장안에 와서 임시로 거처할 곳을 구하던 중 상락리에 살다 작고하신 관상국의 사저 동쪽 정자에 살게 되었다. 다음 날 정자의 동남쪽 모퉁이로 산책하러 나갔다가 거기에 대나무 숲이 있는 것을 발견하였다. 가지와 잎새가 말라 죽어 볼품이라고는 전혀 없었다. 관상국 댁의 늙은 하인에게 물어보니 대답

하기를,

"이것들은 관상국께서 손수 심으신 것입니다. 관상국께서 돌아가신 후 다른 사람이 빌려 살았는데, 이때부터 광주리 만드는 자들이 베어 가기도 하고 빗자루 만드는 자들이 잘라 가기도 하여, 잘리고 난 나머지 대나무들은 길게 자란 것이 없을뿐더러 그 수도 백이 되지 않습니다. 또 온갖 풀과 나무가 그 속에 생겨나 무성해져서 대나무를 없애버릴까 생각하고 있습니다"라고 하였다.

나는 이 대나무들이 일찍이 훌륭한 분의 손을 거쳤으나 천하고 속된 사람들의 눈에 띠어 이렇게 잘리고 버려지게 되었으니, 그럼에도 그 본성만은 그대로 남아 있음이 애석하였다. 이에 무성한 풀은 잘라내고 더러운 흙은 긁어내고 대나무 사이를 솎아주고 그 아래 흙을 북돋아주니, 하루가 다 가기 전에 일을 끝마칠 수 있었다. 이렇게 하여 해가 뜨면 맑은 그늘이 생기고 바람이 불면 맑은 소리가 들린다. 날로 자라고 날로 즐거워하여 마치 감정이 있어 은덕에 감사하는 듯하였다.

아! 대나무는 식물이니 사람과 무슨 상관이 있겠는가? 대나무가 현명한 사람과 비슷하다고 해서 사람들은 그것을 사랑하고 아끼면서 심고 북돋으니, 하물며 진짜 현명한 사람이겠는가? 그러니 초목에 있어 대나무는 마치 보통 사람에 비해 현명한 사람과 같은 것이다. 아! 대나무는 스스로 기특함을 나타낼 수 없으니 사람들이 그것을 기특하게 대해주는 것이고, 현명한 사람도 스스로 기특함을 나타낼 수 없으니 오직 현명한 사람을 쓰는 사람이 그를 기특하게 대해주어야 한다. 그러므로 「양죽기」를 지어 정자의 벽에 써놓아 뒤에 여기 살 사람들에게 남겨주고, 또 지금의 현명한 사람을 등용해 쓸 사람들에게도 이 뜻이 알려지도록 하려는 것이다.

해설과 감상

이 글은 사군자(매화, 난초, 국화, 대나무) 중 하나인 대나무에 대한 지은이의 인식을 나타내준다. 대나무와 현인을 비교하여, 대나무를 기르듯 현인을 대해야 한다는 내용을 담고 있다.

대나무에는 네 가지 덕이 있다. 단단함〔固〕, 곧음〔直〕, 속이 빔〔空〕, 절개〔貞〕가 그것이다. 이러한 대나무는 곧 군자의 표상이니, '용현자用賢者'(현인을 등용하여 쓰는 사람)는 대나무를 기르듯 현인을 대해야 한다고 말한다. 주인의 보살핌을 받지 못한 대나무는 아무리 좋은 성정을 지녔더라도 잘리고 꺾이고 성글어져 무성한 초목 사이에 버려진다. 그러니 대나무 같은 현인을 모셔 잘 쓰도록 하라는 것이다.

대나무에 빗대 현인의 등용과 씀에 대해 말하고 있지만, 이 글은 깊이 음미할수록 아무리 좋은 것도 가꾸지 않으면 버려진다는 인생의 철리를 담고 있다.

한 구절

현불능자이賢不能自異(니) 유용현자이지惟用賢者異之(라)

현명한 사람도 스스로 기특함을 나타낼 수 없으니 오직 현명한 사람을 쓰는 사람이 그를 기특하게 대해주어야 한다.

백낙천(772~846)

중국 당나라 때의 시인. 본명은 백거이白居易. 그가 남긴 문집이 71권, 작품은 총 3,800여 수에 달해 당나라 시인 가운데 최대 분량을 자랑한다. 45세 때 지었다는 「비파행」으로 당나라에서 가장 뛰어난 시인으로 꼽히며, 현종과 양귀비의 사랑을 노래한 장시 「장한가」도 유명하다.

난정에 대한 기록(난정기 蘭亭記)

왕희지

영화 9년(353년) 3월 늦은 봄에 회계산 북쪽 난정에 모였다. 계사를 하기 위해서였다. 뛰어난 인사들과 젊은이, 늙은이 모두 한자리에 모였다.

이곳은 높은 산과 험한 봉우리가 있고, 무성한 숲과 긴 대나무가 있으며, 맑은 시냇물과 격한 소용돌이 여울이 있어 좌우로 띠처럼 서로 비춘다. 그 물을 끌어다 술잔을 띄워 흐르게 하는 곡수를 만든 후 차례대로 둘러앉았다. 비록 관현의 음악이 있는 성대한 잔치는 아니지만, 술 한 잔에 시 한 수를 읊으며 마음속 그윽한 정을 원 없이 펼쳤다.

이날 하늘은 깨끗하고 공기는 맑고 따뜻한 봄바람은 더없이 부드러웠다. 우러러 우주의 광대함을 보고, 고개 숙여 지상 만물의 무성함을 보았다. 눈을 놀리고 생각을 달려* 보고 듣는 즐거움을 마음껏 누리니 참으로 즐거웠다.

* 어느 것에도 구애받지 않고 자유롭게 생각함.

사람이 세상을 살아가는데 어떤 이는 마음속 품은 생각을 다른 이와 마주 앉아 이야기하기도 하고, 또 어떤 이는 마음 가는 대로 맡겨 육체의 밖에서 마음대로 노닐기도 한다.* 이처럼 사람마다 취향이 다르고 고요함과 시끄러움이 다 다르지만, 각자의 처지가 즐겁게 느껴져 장차 늙음이 다가오고 있음을 모른다. 그러다가 마음 둔 일에 싫증이 나고 정情도 일에 따라 변하게 되면, 그에 따라 마음도 슬퍼진다.

그리하여 지금까지 즐거워하던 일도 얼마 못 가 낡은 것으로 변해버린다. 또 그로 인해 다른 생각이 일기도 하지만, 목숨이 길든 짧든 얼마 못 가 결국 자연의 조화에 따라 다 없어지게 된다.

옛사람이 이르기를 "죽고 사는 일이 인생에서 가장 큰일"이라고 했는데, 이 어찌 가슴 아픈 일이 아니겠는가?

옛사람이 감흥을 일으킨 이유를 보면 그것이 내 생각과 부절을 합한 것처럼 똑같다. 그럼에도 지금까지 옛사람의 글을 읽으며 슬퍼하고 탄식하지만, 그것을 마음으로 깨치지는 못하였다.

무無에서 보면 생과 사가 같다는 장자의 견해와, 또 영원에서

---

* 현실의 여러 가지 속박에서 벗어나 자유롭게 살아간다.

보면 700년을 산 팽조와 어려서 죽은 아이가 같다는 이야기는 처음부터 엉터리가 아닐 수 없다.*

후세 사람이 요즘 사람을 보는 것이, 요즘 사람이 옛사람을 보는 것과 같을 것이니 슬프다! 그러므로 오늘 여기 잔치에 모인 사람들을 순서대로 열거하여 그들이 지은 바를 기록한다.

비록 세상이 달라지고 세태가 변해도 감흥을 일으키는 이치는 한결같으니, 나중에 이 글을 읽는 자도 남다른 감회가 있을 것이다.

해설과 감상

난정은 절강성 소흥(저장성 사오싱)에 있는 정자 이름이다. 영화 9년 3월 삼짇날(3일), 동진의 왕희지가 사안, 손작 등 당시의 인사 42인을 모아놓고, 이곳에서 묵은때를 씻고 1년의 행운을 비는 곡수연을 베풀었다. 곡수연이란 강물을 끌어들여 구부러진 물줄기

---

* 이 이야기는 『장자』 「제물」 편에 나오는 것으로, 700살을 살았다는 전설 속 인물인 팽조도 무한의 관점에서 보면 지극히 짧은 인생이며 어려서 죽은 아이도 하루살이에 비교한다면 오래 산 것이니, 어떤 것을 비교하고 차별하는 것은 무의미하다는 뜻이다.

에 여러 사람이 둘러앉아, 흐르는 물에 떠내려오는 술잔을 차례로 받으며 시를 짓던 놀이다.

이 글은 곡수연에서 지은 시를 한데 모으면서 「서문」으로 쓴 것이다. 따라서 「난정집서」라고 해야 옳은데, 후세에 「난정기」로 전해졌다. 봄의 경치와 그 감회가 잘 드러나 있으며, 글에 '풍류'가 마음껏 드러나 있어 멋이 있다. 산수를 사랑하고 각자 형편에 맞게 인생을 즐기면서도 인생의 무상함을 슬퍼하는 마음이 잘 나타나 있다.

서예의 대가인 왕희지가 쓴 글 가운데 이 「난정기」가 최고의 걸작이라고 일컬어진다.

한 구절

사생역대의 死生亦大矣

죽고 사는 일이 인생에서 가장 큰일이다.

왕희지(307~361)

중국 진晉나라 때의 문장가. 서예의 대가로 이름이 높다. '왕희지체'를 남겼다.

독락원에 대하여 (독락원기 獨樂園記)

사마광

나는 평소 책을 읽을 때 위로는 성인을 스승으로 삼고, 아래로는 어진 이들을 벗으로 삼는다. 인과 의의 근원을 살피고, 예와 악*의 실마리를 탐구한다. 아직 천지가 혼돈하여 사물의 형태가 생기기 전부터 무한한 공간 저편까지, 사물의 이치를 눈앞에 모아놓고 공부한다. 그중 내 힘으로 배울 수 있는 것은 배우고 그렇지 못한 것은 배울 수 없으니, 어찌 남에게 배우기를 바라겠으며 밖에서 배우기를 기대하겠는가? 다른 사람이나 외물에 의지하지 않고, 자기 힘으로 독서하면서 배우는 것이다.

지루하고 몸이 피곤하면 물가에 나가 낚시질도 하고, 옷자락 거머쥐고 약초도 캐며, 도랑을 터 꽃나무에 물을 주기도 하고, 도끼로 대나무를 쪼개기도 한다. 또 한 대야의 물로 더위를 씻고, 높은 곳에 올라 눈길 닿는 대로 바라보기도 하며, 한가로이 이리저리 거닐기를 오로지 마음 가는 대로 하기도 한다.

---

* 예는 인간의 도덕적 행위로 사회생활을 유지하게 하는 제도. 악은 음악으로 사람의 감정을 융화하기 위한 예술.

밝은 달은 때 맞춰 떠오르고 시원한 바람이 불어온다. 가도 잡는 것이 없고 멈추어도 막는 것이 없다. 외부로 향하던 눈도 귀도 폐도 창자도 모두 거둬들여 내 안에 두니 호젓하고 마음이 거리낄 것 없이 넓어져 하늘과 땅 사이 이보다 더 즐거운 일이 있는지 모르겠다. 그러므로 나는 이 모든 것을 합하여 홀로 즐거워하는 동산이란 뜻으로 '독락원'이라고 한다.

다른 것에 감각이 현혹되지 않음

해설과 감상

이 글은 「독락원기」 가운데 앞뒤 부분을 생략하고, '독락'이라고 이름 짓게 된 유래를 밝힌 것이다. 지은이가 낙양으로 물러나 한직에 있을 때, 주위에 동산을 만들고 집을 지어 책 5천 권을 모아 읽었다. 그 속에서 참된 즐거움이란 이런 것이라 하여 이 글을 지었다.

이 글에서 독락이란 자기 혼자만 즐거워하고 남을 돌보지 않는다는 뜻이 아니라, 자기에게 허락된 만큼만 즐긴다는 뜻이다. "눈도 귀도 폐도 창자도 모두 거둬들여 내 안에 두니 호젓하고 마음이 거리낄 것 없이 넓어져 하늘과 땅 사이 이보다 더 즐거운 일이 있는지 모르겠다"라고 한 말이 그것이다. 그런 면에서 자연을 즐기고 책을 읽으며 즐거워하는 지은이의 독보 자존을 느낄 수 있다.

한 구절

하구어인何求於人(이며) 하대어외何待於外(리오)

어찌 남에게 배우기를 바라겠으며 밖에서 배우기를 기대하겠는가?

사마광(1019~1086)

중국 송나라 때의 역사가. 중국 역사를 다룬 『자치통감』을 편찬했다.

네 가지 지켜야 할 일(사잠四箴)

정이

❶ 시잠視箴(보는 일)

사람의 마음은 본래 비어 있어 바깥 사물에 반응은 하나 자취가 없다. 이 마음을 다스리는 데 요령이 있으니 예禮에 맞는 것을 보는 것이다. 만일 눈앞의 것만 보게 되면 그것으로 마음이 옮겨간다. 바르게 보는 일을 방해하는 것을 눌러 마음속을 편안하게 하고, 사사로운 욕심을 극복하여 예로 돌아간다. 이렇게 오래 수양하면 마음이 진실해진다.

한 구절

극기복례克己復禮

사사로운 욕심을 극복하여 예로 돌아간다.

② 청잠聽箴(듣는 일)

　사람에게는 영원불변의 도덕을 행하려는 경향이 있는데, 이는
천성이 그렇기 때문이다. 그러나 감각적 욕망에 휘둘리고 외부
영향을 받게 되면 그러한 천성도 잃게 된다. 먼저 깨달음을 얻은
선각자는 머무는 바를 알아* 마음이 굳건히 안정되는 것이다. 그
러니 사악한 것을 막고 성심을 보존하여, 예가 아니면 듣지 마라.

한 구절

비례물청非禮勿聽
예가 아니면 듣지 마라.

---

* 지선至善의 경지를 깨달아 거기 머물다.

❸ 언잠言箴(말하는 일)

사람 마음은 말로 표현되어 나타난다. 말할 때 망령되고 조급하지 않으면 마음은 고요하고 한결같은 상태를 유지할 수 있다. 말은 군자에게 매우 중요하다. 나라 사이에 전쟁을 일으키거나 우호를 불러오는 것도, 개인의 영화나 불행, 명예나 치욕도 모두 말에서 비롯된다. 말이 경솔하면 미덥지 못하고, 너무 수다스러우면 사리를 분별하지 못하게 된다. 자기 마음대로 말하게 되면 사물에 거슬리고,* 나가는 말이 도에 어긋나면 돌아오는 말도 사리에 맞지 않는다. 법도에 맞지 않는 말은 하지 마라. 이 훈계의 말을 신중히 여겨라.

한 구절

발금조망發禁躁妄(이면) 내사정전內斯靜專(이라)

말할 때 망령되고 조급하지 않으면 마음은 고요하고 한결같은 상태를 유지할 수 있다.

---

* 자기 멋대로 말하게 되면 사물의 자연스러움을 거스른다.

❹ 동잠動箴(행하는 일)

어질고 사리에 밝은 사람은 일이 일어나는 조짐을 알고 정성을 다해 이를 생각한다. 뜻있는 선비는 행실에 힘쓰고 이를 굳건히 지킨다. 순리에 따라 행동하면 여유가 있고, 욕심에 따라 행동하면 위태로워진다. 아무리 다급해도 잘 생각하여 조심스럽게 자신을 지키다 보면, 성인이나 현인처럼 훌륭해질 것이다.

한 구절

순리즉유順理則裕(하고) 종욕유위從欲惟危(라)
순리에 따라 행동하면 여유가 있고,
욕심에 따라 행동하면 위태로워진다.

해설과 감상

'잠箴'이란 침(바늘)과 같은 뜻으로, 잠언이란 질병을 물리치는 데 쓰는 침과 같은 글이다. 삶의 교훈 등을 간결하게 표현한 글로, 대개 문장이 단정적이고 내용이 체험적이며 그 표현이 개성적이고 독창적이다. 속담이나 격언 등과 유사하기에 경계하고 풍자할 때 쓴다. 현대에는 '아포리즘'이라고 하며, 창작자가 있다는 점에서 속담이나 격언과 다르다.

이 글은 『논어』 「안연」 편에 나오는 "비례물시, 비례물청, 비례물언, 비례물동"(예가 아니면 보지 말고, 예가 아니면 듣지 말고, 예가 아니면 말하지 말고, 예가 아니면 움직이지 말라)이라는, 공자가 인仁을 행하기 위한 조목으로 든 어구에 따라 지은 것이다.

각각의 글이 짧지만, 일상생활에서 늘 일어나는 '보고 듣고 말하고 행하는' 일의 도리를 논리적으로 간명하게 밝히고 있다.

정이(1033~1107)

중국 송나라 때의 학자.

임금이 지켜야 할 교훈(대보잠 大寶箴)

장온고

예부터 지금까지 하늘과 땅의 이치를 살펴보니 오직 임금만이 복을 짓습니다.* 그래서 임금이 되기란 정말 어려운 일입니다. 하늘 아래 모든 것의 주인이고, 제후와 삼공 위에 머물며, 땅에서 나는 것을 공물로 바치게 하고, 관리에게 명령하여 뜻한 바를 온 천하에 시행하도록 하니, 두려워하는 마음이 날로 해이해지고 삿되고 편벽한 감정이 생겨 갈수록 방자해집니다. 그러니 사건은 소홀히 하는 데서 일어나고, 뜻하지 않은 데서 재앙이 일어남을 어찌 알겠습니까?

참으로 하늘의 명을 받아 임금이 되어 어려운 백성을 구하고 막힌 것을 통하게 하니, 죄는 자신에게 돌리고 마음은 백성을 따라야 합니다. 태양은 사사로이 비춤이 없고 지극히 공평하여 사적으로 편애함이 없으니, 한 사람이 천하를 다스리게 한 것이지 천하의 백성으로 한 사람을 받들게 한 것이 아닙니다.

예를 지켜 사치를 금하고, 악으로 방탕함을 막아야 하며, 좌사

---

* 임금만이 백성에게 복을 줄 수 있다.

는 말을 우사는 일을 기록하고,* 되도록 나들이를 삼가며,** 춘하추동 언제나 음양에 조화되고, 해·달·별 삼광의 득실과 같이해야 합니다.*** 그러므로 임금의 몸은 법도가 되고 임금의 말은 율법이 되는 것입니다.

하늘이 아무것도 모른다고 말하지 마십시오. 높은 곳에 있어도 아래 일을 다 듣습니다. 무슨 해가 되겠냐고 말하지 마십시오. 작은 잘못이 쌓여 커집니다. 즐거움을 지나치게 누려서는 안 됩니다. 즐거움이 지나치면 슬픔이 생깁니다. 하고 싶다고 멋대로 해서는 안 됩니다. 그러면 재앙이 뒤따릅니다. 장대한 구중궁궐 안에 있어도 거처하는 곳은 발 뻗을 정도의 좁은 공간이거늘, 저 폭군들은 옥으로 누대를 짓고 옥으로 왕궁을 지었습니다. 앞에 산해진미가 가득해도 실제로 먹는 것은 입에 맞는 몇 가지에 불과하거늘, 폭군들은 이를 생각지 않고 주지육림에 빠져 방탕하다 나라를 잃었습니다.

안으로는 여색에 빠지지 말고, 밖으로는 사냥에 빠지지 말며, 희귀한 보물을 귀하게 여기지 말고, 나라를 망치는 음탕한 음악

* 임금의 말과 행동을 기록하여 임금의 그릇된 언행을 바로잡음.
** 임금이 거동할 때 길을 통제하여 백성에게 많은 피해를 주기 때문이다.
*** 임금의 정치가 바르면 일·월·성, 삼광의 운행이 바르지만, 그렇지 못하면 운행이 어긋남.

을 듣지 마십시오. 여색에 빠지면 인간의 바른 마음을 다치게 되고, 희귀한 보물은 사치하게 하며, 나라를 망치는 음악은 음탕하게 합니다. 내가 존귀하다 하여 현인을 업신여기지 말며, 내가 지혜롭다 하여 바른말을 거절하고 자신을 뽐내지 마십시오.

들건대 하나라 우왕은 수라를 들다 어진 신하의 말을 듣기 위해 자주 일어났고, 위나라 문제文帝는 신하가 옷자락을 끌며 말려도 멈추지 않았다 합니다. 불평불만을 품은 사람들을 안심시킬 때는 봄볕이나 가을 이슬같이 하여 한나라 고조 유방처럼 넓은 도량을 갖추어서 하고, 여러 일을 처리할 때는 얼음을 밟고 깊은 연못 위에 있는 듯 두려워하고 조심하여 주나라 문왕의 마음을 본받으소서. 『시경』에 "모르지도 알지도 못하면서"라고 한 것과 『서경』에 "치우침이 없고 공평하다"라고 한 것은 서로 같은 말로, 마음속에서 좋아하고 싫어함을 없애 모든 이가 버린 후에 형벌을 가하고,* 모든 이가 기뻐한 후에 상을 내려야 한다는 것입니다.

임금은 강한 것을 눌러서 어지러움을 다스리고, 굽은 것을 펴서 삐뚤어진 것을 바로잡아주십니다. 그래서 말하기를 "저울대와 저울추처럼 공평하게 하여 사물의 한계를 정하지 않으니, 사물의 가볍고 무거움이 자연히 드러난다"라고 했습니다. 또 마음을 물

---

* 온 국민이 벌을 내려도 좋다고 동의할 때 형벌을 내림.

이나 거울처럼 맑게 가져 사물에 사사로운 정을 보이지 않으니, 임금의 눈에 자연히 아름답고 추함이 드러난다는 것입니다.

임금은 너무 흐려서 탁해도 안 되고, 너무 깨끗하여 맑기만 해서도 안 되며, 너무 더러워 어두워서도 안 되고, 너무 살펴서 밝아서도 안 됩니다. 머리에 쓰는 면류관의 옥이 눈을 가려도 형태가 없는 것도 보아야 하고, 솜뭉치로 귀를 막아도 소리 없는 것도 들어야 합니다. 마음은 절대 진리의 세계에 두어야 하고 정신은 지극한 도의 경지에 두어, 종을 칠 때는 크고 작은 방망이를 잘 사용해 소리를 내야 하고,* 물을 물동이에 담을 때는 그릇의 깊고 얕음을 잘 살펴서 물을 채워야 합니다.**

그러므로 말하기를 "하늘은 변하지 않고, 땅은 편안하며, 왕은 올곧아야 한다"라고 합니다. 사계절은 말없이 때에 따라 바뀌고 만물은 말없이 변화를 이루어내니, 어찌 임금의 덕으로 천하가 태평해짐을 알겠습니까?*** 임금이 난을 다스릴 때 지혜와 힘으로 하면, 백성은 그 위세를 두려워하여 덕을 헤아리지 못합니다. 또 천자가 되어 순후한 기풍을 넓게 펼치면, 백성은 그 시작은 알지만 끝은 보전하지 못합니다. 이에 황금 같은 이 글을 지어 신성함과 성스러움을 다하고자 합니다.

---

*   임금이 모든 일에 적절히 잘 대응해야 한다.
**   임금이 신하에게 일을 맡길 때는 신하의 역량에 따라 일을 맡겨야 한다.
*** 임금이 덕을 베풀면 백성은 임금의 존재를 모를 정도로 태평해진다.

　사람을 마음으로 부리고 행동으로 말한 것을 실천하여 다스림의 본체를 보유하고 조칙과 명령으로 누르기도 하고 높이기도 하니,* 천하가 만민의 공유물이 되어** 임금에게 경사가 있을 것입니다. 그물을 열어 기원하고 거문고를 당겨 시를 지어 노래하여 이를 생각하고 늘 잊지 마십시오.***

　오로지 사람들이 화와 복을 불러들이는 것이니,**** 현인을 존중하고 바른 정사를 펴면 하늘이 그를 도울 것입니다. 임금의 잘못을 간언하는 신하로서 감히 전의에게 고합니다.*****

해설과 감상

이 글 역시 '잠箴'에 해당하는 것으로, 임금이 해야 할 도리를 경

---

*　　　착한 자에게는 상을, 악한 자에게는 벌을 내린다.

**　　임금이 천하를 공유물로 하는 것. 즉 제위를 세습하지 않고 신하 중에 덕이 있는 자에게 물려주는 것을 말함.

***　　사냥하기 위해 친 그물을 열어 짐승들을 놓아주고, 임금의 밝은 덕을 지니고 바른 정사를 펼쳐야 한다.

****　화와 복은 자기가 한 행동에 따라 결정된다.

*****　임금에게 이 글을 직접 올리는 것은 예가 아니므로, 임금을 곁에서 모시는 전의에게 전해 자신의 뜻을 고한다.

계하고 있다. 즉 임금이 지위를 유지하기 위해 지키지 않으면 안 되는 교훈을 쓴 것이다.

장온고는 당 태종이 즉위한 지 얼마 안 되어 이 글을 바쳤다. "천자의 위대한 덕은 생生이요, 성인의 위대한 보물은 위位라 한다"는 말에 의거하여, 임금이 지켜야 할 교훈을 써서 올린 것이다. 태종이 이를 보고 좌우명으로 삼을 만하다 하여 상으로 비단 300필을 내리고 벼슬도 올려주었지만, 정작 본인은 4년 후에 참수당해 죽었다고 한다. 즉 장온고는 이 「대보잠」을 지어 만민을 보호하였지만 자기 자신은 보호하지 못한 것이다.

이 글은 예부터 임금이 해야 할 일을 제시하며, 과거 성군들이 충간을 받아들여 선정을 베푼 것에 대해 이야기하고 있다. 임금은 지나치게 총명해서도 안 된다는 내용이 이채롭다.

한 구절

낙불가극樂不可極(이요) 낙극생애樂極生哀(라)

즐거움을 지나치게 누리지 마라. 즐거움이 지나치면 슬픔이 생긴다.

장온고(?~631)

중국 당나라 때의 관리.

누추한 집에 부쳐 (누실명 陋室銘)

유우석

산은 높다고 유명한 게 아니라 신선이 있어야 유명해진다. 물도 마찬가지로 깊이에 있지 않고 용이 살아야 영험해진다.

내가 사는 이 집은 작고 누추하지만 내 덕만은 품위 있고 훌륭하다.

이끼는 계단까지 푸르게 올라 있고, 풀빛은 발[문에 치는 가리개] 안에까지 비쳐 든다. 담소하는 이들이 모두 대학자이고, 왕래하는 사람 중 천한 사람이 없다. 소박하게 거문고를 타기도 하고, 금처럼 귀한 경서를 읽기도 한다. 요란한 음악 소리에 귀가 시끄럽지도 않고, 관청의 공문서로 피로해질 일도 없다. 제갈공명이 살았던 초가집과 양자운[전한 말의 대학자]이 살았던 집과 같다.

이 집이 비록 작고 좁으나 이곳에 사는 내가 덕이 있으니, 공자가 말한 "무슨 누추함이 거기 있으랴"라는 말과 같이 내 집은 조금도 작거나 누추하지 않다.

 '명銘'이란 쇠나 돌 등에 새겨 경계하고 반성하는 글이다. 그러나 오늘날에는 사람의 공덕을 기려 후세에 남기기 위해 새기는 글이 되었다. 비석에 새기는 비명, 묘지명 따위가 그것이다.

 이 글에서 지은이는 자기 집은 비록 좁고 누추하지만, 결코 '누실陋室'이 아니라고 주장한다. 작고 좁은 집에 살고 있기는 하나 "덕 있는 군자가 그 나라에 있으면 오랑캐 나라일지라도 누추하다고 할 수 없다"라는 공자의 말을 들어, 자기가 사는 집이 누실이 아님을 주장하고 있다.

 지은이의 자기 긍지가 높고 대단하다. "내가 사는 이 집은 작고 누추하지만 내 덕만은 품위 있고 훌륭하다"라는 구절에서 그 같은 자부심을 느낄 수 있다. 글이 짧고 단아하여, 풍류의 멋을 즐기는 지은이의 기개를 엿볼 수 있다.

한 구절

사시누실斯是陋室(이나) 유오덕형惟吾德馨(이라)
이 집은 작고 누추하지만 내 덕만은 품위 있고 훌륭하다.

유우석(772~842)

중국 당나라 때의 문인.

옛 전쟁터에서 죽은 원혼을 애도하는 글

(조고전장문弔古戰場文)

이화

평평한 모래밭이 끝도 없이 펼쳐져, 사람 그림자 하나 보이지 않는다. 황하는 굽이쳐 흘러가고 숱한 산들이 서로 얽혀 흩어져 있다. 천지가 어둡고 참담한데 바람은 슬프고 날은 저물었다. 다북쑥은 바람에 꺾이고 풀들은 말라, 오싹한 추위가 서리 내린 새벽 같다. 새는 날아 내려오지 않고 짐승들은 질주하여 제각기 흩어진다.

숙소의 책임자가 내게 말했다.

"이곳은 옛 싸움터인데 삼군의 병사가 전멸당한 곳입니다. 지금도 하늘이 흐리면 귀신들이 슬피 우는 소리가 들린답니다."

중군, 좌익군, 우익군으로 3만 7,500명에 이른다

아, 참혹한 일이구나. 그것이 진나라 때의 일인가, 한나라 때의 일인가, 아니면 수나라 당나라 때의 일인가?

내가 듣기로 제나라와 위나라는 국경을 수비하는 데 백성을 끌어들였고, 초나라와 한나라는 군사를 모아 만 리 밖 전쟁터로 보내 볕을 쬐게 하고 이슬에 젖게 하였다. 그리하여 사막에서 새벽에 말에게 풀을 먹이고 밤에 황하의 얼음판을 건넜으니, 그 고생이 얼마나 심했겠는가? 땅은 넓고 하늘은 아득하여, 그들은 돌아올 길조차 알 수 없었다. 칼 한 자루에 몸을 의지하여 전쟁터에 나갔으니, 그 답답함과 처량함을 누구에게 호소할 수 있었겠는가?

진·한 이후 중국은 사방 오랑캐들과 싸운 일이 많아서, 국력이 약해지는 경우가 늘 있어 왔다. 옛날에는 오랑캐나 제후도 천자의 군대에는 대항하지 않았다. 그러나 지금은 도덕이 무너져, 무신들은 오직 전쟁에서 이기려고 남을 속일 계략만 쓰고 있다. 이러한 병법은 인의에 어긋난다. 그리고 지금에 이르러 인의의 왕도정치로 나라를 다스리는 것은 소용이 없다 하여 행하는 자가 없어졌다.

아아. 내가 그 옛날 전쟁할 때를 생각하니 북풍이 사막을 휘몰아치고, 오랑캐들이 공격할 틈을 호시탐탐 노리고 있다. 중군의 장군들은 적을 얕잡아 보아, 성문에서 싸워 고전을 면치 못했다. 들판에 깃발을 세워 진을 치고 강 언덕에 무장한 군사들을 배치하니, 군율이 엄해 병사들은 겁에 질리고 장수의 명령은 존엄하나 병사들 목숨은 하찮았다. 적이 쏘는 화살촉이 뼈를 뚫고, 모래바람은 얼굴을 때린다. 적군과 아군이 맞서 싸우니 그 처참함에 산천이 진동하고, 싸우는 소리 황하와 장강을 찢으며, 성난 기세는 우레와 번개마저 무너뜨릴 것 같다.

음기가 극에 달해 만물이 얼어붙는 때가 되면, 살을 에는 추위가 닥쳐온다. 눈은 쌓여 정강이까지 빠지고, 단단한 고드름이 수염에 얼어붙는다. 아무리 사나운 새도 둥지에서 나오지 못하고, 말도 머뭇거리며 달리지 못한다. 솜으로 지은 옷도 따뜻하지 않고, 손가락은 얼어 떨어져 나가며 살갗은 터져 찢어진다.

이런 혹독한 추위에 하늘마저 오랑캐 편을 드니, 그들은 살벌한 기세로 마구 베어 죽인다. 군복과 병기를 나르는 보급 부대인 우리 편 병사를 단숨에 공격하여, 도위가 항복하고 장군은 전사했다. 죽은 시체가 강 언덕을 메우고, 흘린 피가 만리장성 굴속에까지 가득 찼다. 신분이 귀하거나 천한 사람 모두 죽어 마른 해골이 되었으니, 그 참상을 어찌 다 말로 하리오?

북소리는 약해지고 병사들은 더 싸울 힘도 없다. 화살도 없고 활줄도 끊어져, 적과의 싸움에 보검이 부러졌는데도 양쪽 병사들은 바짝 붙어 싸운다. 이때 생사가 갈린다. 살기 위해 항복할 것인가, 끝까지 싸우다 죽을 것인가? 살기 위해 항복하면 죽을 때까지 오랑캐 땅에 끌려가 지내야 하고, 끝까지 싸우다 죽으면 모래와 자갈 위에 뼈를 드러낼 것이다.

그토록 격렬한 싸움터였으니 지금은 새도 소리 내어 울지 않고, 산은 적적하여 긴 밤에 바람 소리만 쓸쓸하다. 죽은 자의 혼백이 뒤엉켜 하늘이 자욱하고,* 귀신들이 모여들어 구름을 뒤덮었다. 낮에는 햇빛이 으스스하여 풀도 자라지 않고, 밤에는 달빛이 싸늘해 서리만 내린다. 그러니 이렇게 마음 아픈 일이 세상에 또 어디 있겠는가?

예전에 이목이 조나라 군사로 북쪽 흉노족을 대파하여 영토를 천 리나 넓히고, 흉노족을 멀리 도망가게 했다는 말을 들었다. 그 후 한나라 때 모든 힘을 기울여 오랑캐와 싸웠지만 재화를 탕진하고 국력을 잃었으니, 나라를 지키는 데 중요한 것은 인재를 등용하여 잘 쓰는 것이지 병력만 많다고 되겠는가?

주나라 때는 북쪽 오랑캐를 태원까지 쫓아내 성을 쌓고, 군사가 모두 살아 돌아와 종묘에서 술을 마시고 공훈을 따지니, 임금과 신하가 모두 즐겁고 화목하여 군신 사이가 좋았다. 그 후 진시황은 만리장성을 쌓아 북해 끝에 관문을 세워 오랑캐에 대비했으나, 많은 백성이 고통스러워 장성이 피로 물들었다. 또 한나라 때는 흉노를 쳐서 음산을 얻었으나, 죽은 시체들이 들판에 가득했으니 공적으로 그 피해를 벌충할 수 없었다.

수많은 백성 누군들 부모가 없었겠는가? 어느 부모나 손잡아

* 사람이 죽으면 혼은 하늘로 올라가고 백은 땅으로 돌아가는데, 원통하게 죽은 사람의 혼백은 분리되지 않고 맺혀서 사람에게 화를 준다고 한다.

108

이끌어주고 안아주고 업어주며, 그 자식이 행여 오래 살지 못할까 걱정한다. 누군들 형제가 없었겠는가? 형제는 손과 발 같아서 서로 도우며 성장한다. 또 누군들 부부가 아니었겠는가? 부부는 손님처럼 존경하고 친구처럼 사랑한다. 그런 아들, 형제, 남편을 전쟁터로 끌어내 산 사람은 무슨 은총으로 살았겠으며, 죽은 사람은 무슨 죄가 있어서 죽었겠는가?

죽었는지 살았는지 집에서는 알 수도 없다. 인편으로 소식이 전해져도 가족들은 믿을 수도 없다. 걱정스러운 마음에 꿈속에서나 어른거릴 뿐. 할 수 없이 죽은 것으로 보고 제사상을 차려 술잔을 기울이다 통곡하며 하늘을 보면, 천지도 근심하고 초목도 슬퍼한다. 또 만일 제사가 극진하지 않으면, 혼령도 의지할 곳이 없을 것이다. 누군가 말하기를, 큰 전쟁이 끝나면 반드시 흉년이 든다고 했으니 백성은 고향을 떠나 뿔뿔이 흩어질 것이다.

아아, 이 모든 것이 시국 때문인가, 운명 때문인가? 예부터 이와 같았다고 하니, 이는 시국 때문도 운명 때문도 아닌, 위정자의 잘못 때문이다. 그러니 이를 어찌하면 좋을까?

나라의 방어는 사방 오랑캐를 잘 다스리는 데 달려 있다.*

---

* 무력과 권모술수로 천하를 다스리는 패도정치를 버리고, 인의의 왕도정치를 펼쳐 사방의 오랑캐를 감복시키는 일만이 천하를 태평하게 할 수 있다.

해설과 감상

이 글은 옛 전쟁터에서 지난날 비참했던 전쟁을 회상하며 쓴 것이다. 지은이는 전쟁이 백성을 얼마나 고통스럽게 하는지를 드러내, 전쟁이 그 시대나 운명 때문이 아니라 위정자의 잘못에서 비롯된 것임을 말하고 있다. 곧 힘으로 상대를 정복하려는 패도정치를 버리고, 인의에 의한 왕도정치를 실현하여 오랑캐를 덕으로 감화시킬 때 전쟁도 사라진다는 것이다.

전쟁터의 경관과 지은이의 감정이 어우러져 전쟁의 참상이 비통한 어조로 잘 드러나 있다. 전쟁에서 죽은 백성의 원혼을 조상(슬퍼하며 위로함)하며, 백성을 전쟁의 참상에서 벗어나게 하는 길로서 왕도정치의 실현을 주장한다. 이는 곧 그러지 못한 위정자들에 대한 비판과 풍자를 의미하기도 한다.

한 구절

수재사이 守在四夷

나라의 방어는 사방 오랑캐를 잘 다스리는 데 달려 있다.

이화(?~766)

중국 당나라 때의 문인.

군사를 이끌고 나아가며 올린 표문_전편

(전출사표前出師表)

제갈량

선제〔유비〕께서 한나라 왕실을 일으키려는 대업을 시작하고 아직 그 반도 이루지 못했는데 중도에 돌아가셨습니다. 이제 천하는 위·오·촉한으로 나뉘어 촉한의 영토인 익주가 피폐하니, 매우 위급하여 나라가 망하느냐 흥하느냐 하는 중대한 기로에 서 있습니다. 그러나 다행히 폐하를 모시는 신하들이 안에서 게을리하지 않고 밖에서 몸을 돌보지 않는 것은, 선제께 받은 특별한 대우를 생각하여 폐하께 갚으려고 하기 때문입니다. 그러니 폐하께서는 마땅히 총명한 귀를 넓게 열어 선제께서 남기신 덕을 밝게 하시어, 뜻있는 인사들의 기개를 넓고 크게 하셔야 합니다. 그리고 폐하 자신을 스스로 덕이 없다고 가벼이 여겨 옳지 않은 비유를 들어 변명하면서 충성된 간언을 막지 않아야 합니다.

궁중과 부중은 하나이니, 어디에 있든 선한 자는 벼슬을 올려주고 악한 자는 벌해야 합니다. 그리고 이 일을 하는 데 차별이 있어서는 안 됩니다. 만일 간사한 짓을 하여 죄를 범했거나 충성스럽고 착한 일을 한 사람이 있으면, 이들을 관원에 넘겨 상벌을 따져 폐하의 공평하고 올바른 다스림을 분명히 드러내야 할 것입니다. 사사로움에 치우쳐 궁중의 안과 밖에 법을 달리해서는 안 됩니다.

시중, 시랑인 곽유지·비위·동윤 등은 모두 선량하고 진실하며 생각이 충실하고 한결같아, 선제께서 가려 뽑아 폐하께 남겨주었습니다. 그러니 제 생각으로는, 궁중의 크고 작은 일은 모두 이들과 함께 의논하여 시행하시면 실수가 없어 널리 이익이 될 것입니다. 또 장군 상총은 성품과 행위가 공평하고 선량하며 군사에 밝습니다. 그래서 지난날 선제께서 시험 삼아 그를 써보시고는 "유능하다" 하시면서, 신하들과 상의하여 그를 도독으로 삼으셨습니다. 그러니 군사에 관한 모든 일을 그와 의논하여 행하시면, 반드시 군대를 화목하게 하여 뛰어난 자와 모자란 자가 제자리를 찾을 것입니다.

현명한 신하를 가까이하고 소인배를 멀리한 것이 전한이 흥했던 이유입니다. 소인을 가까이하고 어진 신하를 멀리한 것이 후한이 기울어지게 된 원인입니다. 선제께서 살아 계실 때, 매번 신과 더불어 효환제와 효령제의 일을 의논하며 한숨 쉬고 탄식한 적이 있습니다. 시중상서인 진진과 장사인 장예와 참군인 장완은

모두 곧고 참되어 충성을 다해 죽을 인물들이니, 폐하께서 이들을 가까이하고 믿으시면 한나라 왕실의 부흥을 이룰 수 있을 것입니다.

신은 본래 삼베옷을 입고 남양에서 밭을 갈고 있었습니다. 난세에 목숨이나 보전하려 했을 뿐, 제후에게 소문이 나 출세하려는 생각은 조금도 없었습니다. 그런데 선제께서 신을 비천하게 여기지 않고 황송하게도 스스로 몸을 굽히시어 세 번이나 신의 오두막에 찾아오셔서, 지금 세상에 대해 물으셨습니다. 이에 감격하여 신은 선제께 신명을 다할 것을 맹세했습니다.

그 후 조조에게 대패하여 나라가 기울고 망하기 직전, 막중한 임무를 받고 오나라에 가 구원을 청한 일이 벌써 21년이 되었습니다. 선제께서는 신이 진실하고 신중하다는 것을 아시고, 돌아가시면서 신에게 대사를 맡기셨습니다. 명을 받은 이래 밤낮으로 근심하고 탄식하면서, 일을 제대로 하지 못해 선제의 밝음을 상하게 하지 않을까 두려워하였습니다. 그러던 중 지난 5월에 노수를 건너 풀 한 포기 나지 않는 사막으로 깊이 들어가, 남만을 정벌하여 병기와 갑옷이 충분합니다. 그러니 이제는 마땅히 대군을 거느리고 북쪽 중원을 평정해야 합니다. 아둔하나마 제가 가진 힘을 다해 간악한 위나라 조조의 아들인 조비를 쳐 없애고 한나라 왕실을 다시 일으키려 하니, 이는 신이 선제의 은혜에 보답하고 폐하께 충성을 다하는 일입니다. 나라의 손해와 이익을 고려하여, 폐하께 충언을 올리는 일은 곽유지·비의·동윤 등의 책임입니다.

원컨대 폐하는 적을 토벌하고 나라를 회복하는 일을 신에게 맡겨주십시오. 공훈이 없으면 신의 죄를 다스려 선제의 영전에 고하시고, 폐하의 덕을 일으키는 말이 없으면 곽유지·비의·동윤을 꾸짖어 그 태만함을 밝히십시오. 폐하 또한 스스로 잘 생각하셔서 선한 도를 신하와 의논하시고, 바른말을 잘 살펴 들으시어 선제께서 남긴 유훈을 따르소서.

신은 선제께 입은 은혜에 감격하여 이제 멀리 떠남에 이 표문을 올리니, 눈물이 앞을 가려 무슨 말을 더해야 할지 모르겠습니다.

해설과 감상

'출사표'는 출병할 때 임금에게 알리는 글이다. '사師'는 군사, 군대를 가리키고 '표表'는 신하가 임금에게 올리는 글의 일종이다.

삼국이 정립했을 때 촉한의 제갈량이 위나라를 공격하기에 앞서 유비의 아들인 유선에게 바친 글이 두 편 있는데, 227년 바친 것이 「전출사표」이고 그로부터 1년 뒤에 바친 것이 「후출사표」이다.

이 글에서 공명은 나라의 장래를 생각하여, 군주의 안일함을 경계하고 신하들의 충간을 잘 들을 것을 간하고 있다. 선제 유비가 삼고초려 한 일과 그로부터 받은 감격, 유비의 죽음에 즈음한 무거운 책임감, 후제 유선에 대한 충정의 정이 간절하게 드러나 있다. 전문 문인이 쓴 글이 아님에도 글이 간결하고 진정 어린 마음이 넘쳐 읽는 이의 마음을 절실하게 한다.

한 구절

당장솔삼군當獎率三軍(하여) 북정중원北定中原(이라)

마땅히 대군을 거느리고 북쪽 중원을 평정한다.

제갈량(181~234)

자는 공명. 남양에 숨어 살다가 유비에게 발탁되어 촉한의 재상이 되었다. 문무를 겸비한 문인, 정치인, 장군으로 『삼국지연의』의 중심 인물이다.

군사를 이끌고 나아가며 올린 표문_후편
(후출사표 後出師表)

제갈량

선제〔유비〕께서는 우리 한(촉)나라와 적국 위나라는 양립할 수 없으며, 왕업을 이루려면 한쪽 구석에서 안일하게 지내서는 안 된다고 하셨습니다. 그리하여 저에게 적을 토벌하라고 하신 것입니다. 선제께서 밝은 안목으로 저의 재능을 헤아리셨기에 적을 토벌하기에는 제 재주가 약하고 적은 강하다는 것을 아셨습니다. 그렇지만 적을 토벌하지 않으면 또 왕업을 이룰 수 없으니, 가만히 앉아서 망하기를 기다리는 것과 적을 토벌하는 것 중 어느 것이 낫겠습니까?

그렇기 때문에 저에게 분부하시면서 의심하지 않으셨던 것입니다. 저는 분부를 받은 날부터 잠을 자도 잠자리가 편치 않았고, 밥을 먹어도 밥맛을 몰랐습니다. 북방을 정벌하려면 먼저 남방을 쳐야 하기에 5월에 노수를 건너 불모지로 깊이 쳐들어가, 하루치 식량을 이틀에 나누어 먹으며 고전했습니다. 저도 제 몸을 아끼고 싶지만 왕업을 돌아보니 촉도에서 안일하게 있을 수만은 없어 위험을 무릅쓰고 선제의 유지를 받들고 있거늘, 논자들이 좋은 계책이 아니라고 말하고 있습니다.

지금 적은 서쪽에서 지쳐 있고, 동쪽에서는 오나라와의 전쟁으로 애쓰고 있으며, 병법에 "적이 피로한 틈을 타라"고 하였으니 지금이야말로 진격할 시기입니다. 삼가 그 사정을 말씀드리면 다음과 같습니다.

고제의 밝으심은 해나 달과 견줄 만하고 신하들의 지략은 연못처럼 깊었지만, 위험을 겪고 상처를 입어 위기를 넘긴 후에야 안정을 찾을 수 있었습니다. 지금 폐하께서는 고제의 밝으심에는 미치지 못하고 신하들의 지략도 장량과 진평만 못하거늘, 그런데도 좋은 계책으로 승리를 얻어 앉아서 천하를 평정하려고 하니, 이것이 신이 이해할 수 없는 첫째 일입니다.

유요와 왕랑은 각각 주와 군을 점거하고 안위를 논하고 계책을 이야기하면서, 걸핏하면 성인의 말씀을 끌어대 인용하니 숱한 의심만 뱃속에 가득하고 많은 어려움이 가슴에 차 있어, 올해는 싸우지 않고 내년에도 정벌하지 않아 손책이 가만히 앉아서 강대해져 결국 강동 지방을 병합하게 되었으니, 이것이 신이 이해하지 못하는 둘째 일입니다.

조조의 지혜와 계책은 남보다 훨씬 뛰어나 용병술에서도 손무, 오기와 비슷하였습니다. 그런데도 남양에서 곤경에 빠졌고, 오소에서 위험에 처했으며, 기련에서는 위태로웠고, 여양에서는 궁지에 몰렸으며, 북산에서는 기나라가 패망하는 지경에 이르렀고, 동관에서 거의 죽을 뻔했습니다. 그런 후에야 비로소 황제로 자칭하면서 한때의 안정을 얻을 수 있었던 것입니다. 하물며 신은 재능도 모자라는데 위험을 겪지 않고 천하를 평정하려 하니, 이것이 제가 이해할 수 없는 셋째 일입니다.

조조는 다섯 번이나 창패를 공격했으나 함락하지 못했고, 네 번이나 소호를 넘었으나 성공하지 못했으며, 이복을 임용했지만 이복이 오히려 그를 죽이려 하였고, 하후〔하후연〕에게 위임했지만 하후는 패망했습니다. 선제께서는 늘 조조의 유능함을 칭찬하셨는데도 이처럼 실패했거늘, 하물며 신은 아둔하니 어찌 반드시 승리한다고 할 수 있겠습니까? 이것이 신이 이해할 수 없는 넷째 일입니다.

신이 한중에 도착한 지 1년이 지났습니다. 그런데 조운, 양군, 마옥, 염지, 정립, 백수, 유합, 등동 등과 부곡의 장 및 주둔 부대의 장 70여 명을 잃어 앞으로 돌격할 장군이 없습니다. 남만과 서이의 기병 1천 여 명은 모두 수십 년에 걸쳐 사방에서 규합한 정예 부대로, 한 고을에서 얻은 병사들이 아니었습니다. 그러나 만약 이대로 몇 년만 더 지나면 3분의 2를 잃을 것이니 무엇으로 대적할 수 있겠습니까? 이것이 신이 이해할 수 없는 다섯째 일입니다.

지금 백성은 곤궁하고 군사는 지쳐 있지만, 그렇다고 대업을 그만둘 수도 없습니다. 이미 일을 그만둘 수 없다면 가만히 앉아 있으나 나아가 싸우나 그 노력과 비용은 똑같습니다. 그런데도 빨리 적을 토벌할 생각은 않고, 한 주(州)의 땅으로 적과 지구전을 벌이니 이것이 신이 이해하지 못하는 여섯째 일입니다.

무릇 천하를 평정하는 대업은 어려운 일입니다. 지난날 선제께서 초에서 패하셨을 때, 바로 그때 조조는 손뼉을 치며 "천하는 이미 평정되었다"라고 말했습니다. 그 후 선제께서 동으로 오, 월과 동맹을 맺고, 서쪽으로 파촉을 점령했으며, 군대를 일으켜 북방을 정벌해 하후의 목을 받으니, 이는 바로 조조의 실책이자 한나라의 대업이 바야흐로 이루어지는 것이었습니다.

그 후 오나라가 맹약을 위반해 관우가 패하게 되었고, 자귀현은 적에게 빼앗겼으며, 조비가 황제를 자칭하니 모든 일이 이와 같아 예측하기 어렵습니다. 신은 삼가 몸을 굽혀 진력하여 죽은 후에 그만둘 것이나, 일의 성패와 이롭고 해로움은 신의 지혜로 예측할 수 있는 바가 아닙니다.

이 글은 제갈량이 1차 위나라 북벌에 실패하고 전세를 재정비한 후, 유비의 뒤를 이은 유선에게 올린 두번째 상소문이다. 촉한의 제1대 황제 유비는 위나라 땅을 수복하지 못하고 죽었고, 반드시 북방을 수복하라는 유언을 남겼다. 제갈량은 유비의 유언을 받들어 군사를 이끌고 위나라를 토벌하러 가는데, 떠나는 날 아침 촉한의 제2대 황제인 유선에게 이 글을 바쳤다. 나라의 장래를 걱정하고, 선제 유비의 유언을 받드는 신의와 유선에게 올리는 간곡한 당부의 말이 담겨 있다.

특히 「후출사표」의 마지막 구절에 나오는 '국궁진력'이라는 말은 전략가로서 공명의 사람됨을 잘 보여준다. '국궁鞠躬'은 존경하는 마음으로 몸을 굽힌다는 뜻이며, '진력盡力'은 최선을 다해 노력한다는 뜻이다. 다시 말해 최선을 다해 노력할 뿐, 일의 성패와 이롭고 해로움은 하늘에 맡긴다는 것이다. 진인사대천명의 자세로 위나라 공격에 임했던 그의 심정을 엿볼 수 있다.

한 구절

신국궁진력臣鞠躬盡力(하여) 사이후이死而後已(나)
지어성패이둔至於成敗利鈍(은) 비신지명소능역도야非臣之明所能逆覩也(니이다)

신은 삼가 몸을 굽혀 진력하여 죽은 후에 그만둘 것이나,

120

일의 성패와 이롭고 해로움은 신의 지혜로 예측할 수 있는 바가 아닙니다.

제갈량(181~234)

자는 공명. 남양에 숨어 살다가 유비에게 발탁되어 촉한의 재상이 되었다. 문무를 겸비한 문인, 정치인, 장군으로 『삼국지연의』의 중심 인물이다.

뜻대로 즐김 (낙지론樂志論)

중장통

내가 사는 곳에 좋은 밭과 넓은 집이 산을 등지고 물가에 임해, 도랑과 연못이 빙 둘러 있고, 대나무와 나무 들이 둘러싸고 있으며, 채마밭이 앞에 있고 과수원은 뒤에 있게 하고 싶다.

그리하면 배와 수레가 있어 길을 가고 물 건너는 어려움을 대신하고, 심부름하는 사람이 있어 육체의 어려움을 덜어주며, 갖가지 맛있는 음식으로 부모를 봉양하고, 아내와 자식들은 힘든 일 없이 편안하게 할 것이다.

좋은 벗들이 모이면 술과 안주를 차려놓고 즐거워하고, 명절 같이 기쁠 때나 즐거운 날에는 양이나 돼지를 삶아 제사를 지내겠지. 밭이랑과 동산을 홀로 거닐어보고, 숲속에서 놀기도 하리라. 맑은 시냇물에 손발을 씻기도 하고, 서늘한 바람을 쐬기도 한다. 물에 노는 잉어를 낚기도 하고, 날아가는 기러기를 화살로 쏘기도 하며, 기우제 지내는 제단 아래 거닐다가 시를 읊으며 집으로 돌아오리라.

방에 앉아 정신을 편안히 하여 노자의 허무와 무위자연에 대해

"

생각하고, 천지의 정화를 들이마시고 내뱉어, 지인을 닮으려 하리라. 도에 통달한 몇몇 사람과 도를 논하고, 경서를 강론하고, 하늘과 땅을 보며, 고금의 여러 인물을 한데 모아 평하리라.

　순임금이 지었다는 남풍의 고아한 가락을 타기도 하고, 가장 맑고 가벼운 소리인 청상의 오묘한 곡을 연주하기도 하리라. 어지러운 세상에 유유히 놀고, 하늘과 땅 사이 세상사에 관여하지 않으며, 어떤 책임도 맡지 않고 하늘이 주신 명대로 산다. 이와 같이 하면 가히 은하수를 넘어 우주 밖으로 나아갈 수 있으니, 어찌 제왕의 문에 드는 것을 부러워하겠는가?

해설과 감상

　중장통은 직언을 서슴지 않고 작은 일에 매이지 않아 '광생狂生'으로 불린 사람이다. 조조의 정치 모사인 순욱의 천거로 조조를 섬기게 되었다.

　이 글에서 우리는 그의 인생관을 엿볼 수 있다. 그는 관리로 출세하여 명예를 얻거나 많은 돈을 벌어 부자가 되는 것을 원하지 않는다. 사는 집과 주위 풍광, 자급자족하기 위한 조건을 갖추고 유유자적하면서 노자의 현묘한 도를 생각하고, 양생법으로 심신을 다스리며 사는 가운데 지극한 즐거움이 있다는 것이다.

이와 같은 즐거움은 자기만족에서 온다. 소박함에 만족할 때 행복이 찾아온다. 세상의 복잡한 일에 신경 쓰지 않고, 관리가 되어 어떤 책임도 맡지 않으며, 하늘이 주신 명대로 욕심내지 않고 살다 가겠다는 마음가짐이야말로 인생을 즐기는 바탕이 된다. 앞에서 언급한 도연명의 「오류선생 전기(오류선생전)」 마지막 구절인 "술을 마시고 시를 지어 그 뜻을 즐기니, 무회씨의 백성인가 갈천씨의 백성인가?"와 일맥상통하는 글이다.

.

한 구절

비예천지지간 睥睨天地之間(하여)

불수당시지책 不受當時之責(이라)

하늘과 땅 사이 세상사에 관여하지 않으며,

어떤 책임도 맡지 않는다.

중장통(179~220)

중국 후한 때의 문인. 나중에 순욱의 추천으로 조조를 섬긴다.

벼루에 새긴 글(가장고연명家藏告硯銘)

당경

벼루와 붓과 먹은 같은 종류의 것이다. 출처가 서로 비슷하고 쓰이는 용도와 사랑받는 것이 비슷하나, 명의 길고 짧음은 같지 않다. 붓의 수명은 날로 계산하고, 먹의 수명은 달로 계산하며, 벼루의 수명은 세대로 계산한다. 어째서 그런가?

[30년]

그 생김새를 보면 붓은 가장 뾰족하고 먹이 그다음이요 벼루는 둔하게 생겼으니, 둔한 것은 명이 길고 날카로운 것은 요절해서가 아니겠는가? 그것들을 쓸 때 붓이 가장 많이 움직이고 먹이 그다음이요 벼루는 움직이지 않으니, 고요히 움직이지 않는 것은 명이 길고 바삐 움직이는 것이라서 명이 짧은 게 아니겠는가?

[몸과 마음을 건강하게 하여 오래 사는 법]

나는 여기서 양생의 법을 알았다. 날카롭지 못하여 둔한 것으로 몸을 삼고, 움직일 수 없어서 고요한 것으로 쓰임을 삼으면 된다.

어떤 사람이 "오래 살고 일찍 죽는 것은 운명이니, 둔하고 날카롭고 움직이고 고요한 것과는 관계가 없다. 가령 붓이 뾰족하지 않고 움직이지 않아도, 벼루처럼 오래갈 수 없음을 안다"라고 하였다. 그럼에도 나는 이렇게 살지언정 저렇게 하지는 않겠다.*

　그리하여 다음과 같이 명을 쓴다.
"날카롭지 못하여 둔한 것을 몸으로 삼고,
움직일 수 없어서 고요한 것을 쓰임으로 삼는다.
오직 그렇게 함으로써 수명을 길게 할 수 있으리라."

해설과 감상

'명銘'이란 돌이나 쇠, 그릇 따위에 새겨놓은 글이다. 흔히 어떤 교훈을 새기거나 좌우명 따위를 쓴다.

붓과 먹과 벼루는 종이에 글씨를 쓰는 도구다. 그런 면에서 이 세 가지는 서로 친연성을 갖는다. 지은이는 집 안에 소장하고 있는 세 가지 사물을 통해 자신의 인생관을 피력한다. 비록 짧은 글이지만, 뾰족하고 분주히 움직이는 붓과 둔하고 고요한 벼루의 대비를 통해 자신이 터득한 양생법의 이치를 이야기하고 있다.

벼루처럼 둔하고 고요해야 오래 살 수 있다는 것이다.

* 벼루의 고요한 것을 본받고, 붓의 뾰족하고 부지런한 움직임을 따르지 않겠다.

한 구절

불능예不能銳 **인이둔위체**因以鈍爲體(하고) **불능동**不能動 **인이 정위용**因以精爲用(이라)

날카롭지 못하여 둔한 것을 몸으로 삼고, 움직일 수 없어서 고요한 것을 쓰임으로 삼는다.

당경(1071~1121)

중국 북송 때의 문장가.

아방궁을 읊음 (아방궁부 阿房宮賦)

두목

육국의 왕이 망하니 천하는 하나가 되고, 촉산이 민둥산 되어 아방궁이 나왔다. 300여 리 땅을 덮어 눌러서 하늘과 태양이 막혀 떨어졌으니,* 여산 북쪽에서 시작해 서쪽으로 꺾여 곧장 함양으로 달리고 두 냇물이 유유히 궁전 안으로 흘러든다.

다섯 걸음에 누각이 하나요, 열 걸음에 전각이 하나다. 길고 넓은 복도가 끝없이 이어져 있고, 처마 끝은 불쑥 내밀어져 있다. 건물들이 각각 지형에 따라 높고 낮으며, 갈고리 같은 추녀 끝이 한데 모여 있다. 또 건물들이 빙빙 돌아 구불구불하여 빗물이 흘러 소용돌이치니, 우뚝한 골이 몇천 몇만인지 모르겠다.

긴 다리가 물결 위에 누웠으니 구름도 없는데 웬 용이며, 복도가 공중을 가로지르니 비가 오지도 않는데 웬 무지개인가? 높고 낮은 건물들이 어지러워 동과 서를 알아볼 수 없다. 노래하는 무대의 따스한 울림은 봄빛처럼 부드럽고, 춤추는 궁녀의 차가운 소매는 비바람같이 쌀쌀하다. 그러니 하루 동안 한 궁전 안에서

---

* 궁전이 하도 웅장해 지붕이 하늘을 덮어 해를 볼 수 없다.

도 날씨가 이렇듯 같지 않구나.

여러 후궁과 궁녀, 왕자와 왕손 들이 누대와 궁전을 떠나 가마를 타고 진나라에 와서,* 아침저녁으로 잔치를 베푸는 진나라 궁인이 되었네. 샛별이 반짝거리는 것은 경대를 여는 것이요, 검푸른 구름이 일어나는 것은 아침에 머리를 빗질하는 것이라. 위수에 미끄러운 기름기가 흘러넘침은 연지와 분을 씻어낸 물이요, 연기가 오르고 안개가 자욱한 것은 향과 초를 태우는 것이라.

천둥소리에 별안간 놀라는 것은 궁전의 수레가 지나가기 때문인데, 덜커덕거리며 멀리 어디로 가는지 모르겠다. 궁녀들은 얼굴과 피부를 극진히 가꾸어 하나같이 고운데, 한없이 멀리 서서 황제의 행차를 기다렸으나 뵙지 못한 지 36년이다.

연나라 조나라에서 간직한 것과 한나라 위나라에서 경영한 것과 제나라 초나라의 귀중한 것을 몇 해 동안 치고 빼앗으니, 첩첩이 쌓인 보물이 산과 같다. 하루아침에 다 가질 수 없어 아방궁으로 실어 왔다. 귀중한 솥을 가마솥으로 여기고, 금은 흙덩이로, 진주는 조약돌로 여겨 길에 끝없이 버렸는데, 진나라 사람들 이걸 보고도 심히 아깝게 여기지 않는다.

---

* 망한 육국의 왕손과 궁녀 들이 진나라에 왔음을 뜻함.

슬프다. 황제 한 사람의 마음은 백성 천만인의 마음이다. 진시황이 호사스러운 사치를 좋아하면 백성도 자기 집 행복을 생각할 것이거늘, 어찌하여 작은 것까지 다 거둬들여 흙과 모래같이 쓰는가? 대들보를 받친 기둥은 남녘 밭의 농부보다 많고, 대들보에 걸린 서까래는 베틀 위 베 짜는 여자보다 많으며, 못대가리 번쩍거림은 곳간의 곡식알보다 많다.

기와 이음매의 들쑥날쑥한 것이 몸에 입은 옷의 실 자국보다 많으며, 가로세로 이어진 난간은 온 나라의 성곽보다 많다. 피리 불고 거문고 뜯는 소리는 저잣거리 사람들 말소리보다 크니, 천하 사람들 감히 말은 못 하고 속으로 분노했으나 저 진시황 한 사람의 마음은 날이 갈수록 더욱 교만하고 완고하다.

국경을 지키는 군사가 부르짖으니 함곡관이 함락되었고, 초나라 사람이 횃불을 드니 가련하게도 불바다가 되었다.

슬프다. 육국을 멸한 것은 진나라가 아니라 육국 자신이요, 진나라를 멸망시킨 것은 천하가 아니라 진나라 자신이었다. 육국이 각각 그 백성을 사랑했다면 진나라를 막을 수 있었을 것이요, 진나라 또한 그 백성을 사랑했더라면 대대로 왕위를 전승해 만세에 이르렀을 것이니, 누가 멸할 수 있었겠는가?

진나라 사람들이 스스로 슬퍼할 겨를조차 없이 후세 사람이 이를 슬퍼하였고, 후세 사람이 이를 슬퍼해 거울삼지 않으면 그 후세의 사람으로 하여금 다시 후세 사람을 슬퍼하게 될 것이다.

해설과 감상

춘추전국시대를 평정하여 천하를 통일한 진시황은 천년의 권세와 영화를 누리기 위해 자신이 기거하던 함양궁이 비좁다 하여 위수(웨이수이강) 근처에 거대한 아방궁을 지었다. 아방궁은 진시황이 짓기 시작했으나 완성하지 못하고 이세二世 황제 호해에 의해 공사가 이어지다가, 진이 멸망한 후에도 이름은 그대로 아방궁으로 남았다. 공사에 동원된 인력이 70여 만 명, 동서 길이가 900미터에 남북 길이가 150미터로, 1만 명을 수용할 수 있는 거대한 궁전이다. 이 아방궁은 기원전 207년 초나라 항우에 의해 모두 불태워졌는데,* 불길이 석 달 동안 꺼지지 않고 탔다고 한다.

이 글에서 지은이는 진나라의 멸망을 교훈 삼지 않았기에 후세 사람들이 다시 후세 사람들을 슬퍼하게 한다고 비판하고 있다. 다시 말해 진나라의 멸망을 교훈 삼아 나라를 잘 다스려야 후세 사람

* 항우가 불태운 것은 아방궁이 아니라 함양궁이라는 설도 있다.

들이 슬퍼하지 않을 텐데 그러지 못했다는 것이다.

비유가 과장되긴 하지만 아방궁의 실제 모습을 그리는 데 적절하고 뛰어나 그 모습이 한눈에 그려지는 듯하다.

한 구절

멸육국자滅六國者(는) 육국야六國也(요)

족진자族秦者(는) 진야秦也(라)

육국을 멸한 것은 육국 자신이요,

진나라를 멸망시킨 것은 진나라 자신이다.

두목(803~852)

중국 당나라 때의 문인. 특히 시를 잘 지어 사람들이 그를 두보와 비교하여 '소두'라 하였다.

약에서 얻은 교훈(약계藥戒)

장뢰

　손님 중에 속병을 앓는 사람이 있었다. 뱃속에 쌓인 것이 체하여 내려가지 않고 밖에서 들어오는 것은 막혀서 받아들일 수 없었다. 의원을 찾아가 물어보니 체한 것을 내려보내지 않으면 안 된다고 하였다. 돌아와 의사가 준 약을 마셨다. 그러자 갑자기 체한 것이 내려가 하루도 안 되어 속에 남아 있는 게 없어졌고, 전에 막혔던 것이 풀려서 내장과 가슴 속이 탁 트였다. 호흡도 순조로워져 처음부터 병이 없었던 것처럼 상쾌해졌다.

　며칠 지나지 않아 속병이 다시 났으나 전의 약을 먹으니 처음처럼 깨끗이 나았다. 그 후 한 달도 되지 않아 속병이 다섯 번이나 나 아프다 가라앉다 하였다. 〔약을 먹어〕 내려보낼 때마다 나아졌으나, 그의 기운은 말 한마디 하는 데도 〔숨이 가빠〕 세 번이나 끌었고, 일하지 않아도 몸에서 땀이 나고 걷지 않아도 다리가 떨렸다. 살갗과 피부가 전보다 여윈 것은 없으나 그 속은 맥없이 나른하여 그 원인을 알 수 없었다.

　아아! 속병은 속엣것을 내려보내지 않고는 낫게 할 수가 없는 것이다. 그래서 나는 〔약을 써서〕 속엣것을 내려보냈으나, 의술이 깨끗하지 못하여* 맥이 없게 되었으니 어째서인가?

초나라 남쪽에 훌륭한 의원이 있다는 말을 듣고 찾아가서 물으니 그 의원이 대답하기를,

"당신의 몸이 그렇게 된 것을 탄식하지 마시오. 당신의 치료법이 본시 그렇게 만드는 것이었소. 앉으시오. 내 당신에게 설명해 주리다.

천하의 이치는, 자기 마음에 매우 상쾌함을 주는 것은 끝에 가서 반드시 손상이 있기 마련이니, 처음부터 자기 마음을 상쾌하게 할 것을 바라지 말아야 하오. 대체로 음이 체하여 걸리고 양이 모여 기운과 피가 운행되지 않아 속병이 되어 그대의 가슴 속에 가로놓이는 것이니, 그 쌓인 것이 크오. 그것을 쳐서 제거해야 하오. 순간에 매우 크게 쌓인 것을 제거해야 하니 부드럽고 평이한 방법으로는 할 수가 없고, 반드시 세게 쳐서 진동을 시킨 후에야 가능하오.

사람의 화기란 부드러우면서도 매우 미세하여 조용하면서도 위태로워지기 쉬운 것이오. 세게 쳐서 진동시키는 효과가 이루어지기도 전에 당신의 화기는 이미 병이 나게 되는 것이오. 이렇게 본다면 당신 속병이 한 번 완쾌될 때마다 당신의 화기는 한 번 손상받았으니, 한 달이 못 되어 다섯 번이나 나았다면 당신의 화평한 기운은 이미 없어져버리지 않았겠소? 그래서 피부는 일하지

않아도 땀이 나고, 다리는 걷지 않아도 떨리며, 맥이 없어 하루를 넘기지도 못할 것처럼 된 것이오. 당신의 속병을 치료하면서 화기도 해치지 않으려면, 그대는 돌아가 집에서 편안히 석 달을 보낸 다음 내가 준 약을 드시오.”

손님이 집으로 돌아가 석 달을 보낸 다음 목욕재계하고는 다시 찾아와 의원을 뵈었다. 의원이 말하였다.

“당신의 기운이 약간 회복되었소.”

그리고 의원은 약을 지어 주면서 말했다.

“이것을 복용하면 석 달이면 병이 약간 덜해지고, 또 석 달이 지나면 조금 편안해지고, 이해가 다 갈 무렵이면 원 상태로 회복될 것이오. 그러니 약을 먹되 너무 자주 먹지 마시오.”

손님은 돌아가 의원의 말대로 실행하였다. 처음에는 답답하게 효과가 더디어 세 번 약을 먹으면 세 번 모두 효과가 없는 듯하였다. 그런데 처음에는 효과가 보이지 않았으나 비교해보면 한 달만에 달라지고, 한 철을 두고 다시 비교해보면 그전과 다르게 나아져, 한 해가 끝날 무렵에는 병이 완쾌되었다.

손님이 의원을 찾아가 정중히 두 번 절하며 감사를 표하고는 앉아서 그 까닭을 물었다.

의원이 이렇게 말하였다.

“이것은 나라의 병도 고칠 이론이오. 어찌 사람의 병만 고칠 뿐이겠소? 당신은 진나라의 정치를 보지 못하였소? 진나라 백성은 사나워서 명령을 따르지 않고, 게을러서 일에 힘쓰지 아니하며, 방종해서 법을 두려워하지 않았소. 그들은 명령을 내려도 듣지 않고 다스려도 변화할 줄 몰랐으니, 곧 진나라 백성은 일찍이 속병에 걸렸던 셈이오. 상앙이 그 속병을 보고서 형벌과 법령을 엄

히 다스리고, 목 베고 치는 것으로 위협하면서 사납고 맹렬하게 다루어 터럭만 한 일도 용서치 않고 철저히 잘라내고 힘써 뽑아 내었소. 그리하여 진나라 정치는 높은 곳에서 물병의 물이 쏟아지듯 거침없이 흘러 사방으로 통하여 감히 누구도 거역할 수 없게 되었으니, 진나라의 속병은 일찍이 한 번 쾌유하였소.

진나라 효공부터 이세 황제 호해에 이르기까지 모두 몇 번이나 속병이 났다가 몇 번이나 쾌유하였던가? 완고했던 것은 무너지고 강했던 것은 부드러워졌으나, 진나라 백성에게는 기쁜 마음이 없어졌소. 사나운 정치로 한 번 병을 고치는 것은 백성의 기쁜 마음을 한 번 없애버리는 것이 되오. 여러 번 끊임없이 병을 쾌유시키자 진나라의 팔다리는 맥이 없어져 공연히 그러한 물건이 달려 있을 따름이 되었소. 백성의 마음은 날로 떠나서 임금은 윗자리에 외로이 서 있게 되었소. 그때 필부가 나와 크게 한 번 소리치자 하루 만에 백 가지 병이 생겨나, 진나라는 손발과 어깨 등허리

를 움직여보려 했지만, 어느 것 하나 움직여지지 않았소. 그러므로 진나라가 망한 것은 바로 병이 낫는 것만 좋아했던 잘못 때문

이라 할 것이오.

옛날 선왕의 백성도 처음에는 역시 속병이 있었소. 선왕들이 어찌 분연히 그 병을 쳐서 쫓아버리는 방법을 몰랐겠소만, 오직 그 끝을 두려워했던 것이오. 그래서 감히 마음을 상쾌하게 해주는 방법을 구하지 않고 부드럽게 그들을 어루만져주었소. 인의로 가르치고 예악으로 인도하여 은연중 그들의 혼란을 해결하고 체한 것을 제거하여, 그들로 하여금 스스로 모르는 사이에 유유히 평안하게 나아가게 한 것이오.

그들의 병이 쾌유되기 전까지 옆에서 보며 답답하게 여기는 사람이 있었소. 그러나 한 달을 두고 헤아려보고 1년을 두고 살펴보니, 사람들의 지난해 습속과 올해의 습속이 달라졌음을 알 수 있었소. 치지도 않고 때리지도 않고 거스르는 일도 없었으니, 그리하여 날로 그들의 사나운 기운은 제거되었으나 기쁜 마음은 다치지 않았던 것이오. 이에 정치가 이루어지고 교화가 통달되어 안락함이 유구해져 후환이 없게 되었던 것이오.

하, 은, 주 삼대의 정치도 모두 몇 분의 성인을 거치고, 수백 년 세월을 겪은 뒤에야 그들의 좋은 습속이 이루어진 것이니, 내가 준 약이 한 해가 지나야 병을 완쾌시키는 것도 이상하게 여길 게 못 되는 것이오."

그러면서 말하기를

"천하의 이치가, [처음에] 내 마음을 상쾌하게 해주는 것은 끝에 가서 반드시 손상이 있다는 것이오. 끝에 가서 손상이 없기를 바란다면 처음부터 내 마음이 상쾌해지는 것을 바라지 말아야 하오. 그러니 어찌 유독 천하를 다스리는 일만 그렇겠소?"

하니, 손님이 두 번 절하고 그의 말을 기록하였다.

해설과 감상

이 글은 나라를 다스리는 방법을 의원이 환자의 병을 치료하는 것에 비유하여 쓴 것이다. 약을 써서 체기를 빠르게 고쳤는데, 빠른 치료만큼 몸은 허약해져 후유증이 크다. 반면 느리게 천천히 고치니 후유증 없이 완쾌된다. 의원이 환자를 고치는 이러한 이치가 나라를 운영하는 데도 똑같이 적용된다. 진나라의 경우처럼 법을 앞세워 가혹하게 지배하면 단시간 내에 병폐를 바로잡을 수는 있으나 오래가지 못한다. 따라서 인의로 천천히 나라를 안정시켜야만 오래갈 수 있다는 것이 이 글의 논지다.

우리는 이 글을 통해 환자 치료나 국가 경영뿐만 아니라 우리 인생의 진리까지 느낄 수 있다. 마음을 너무 유쾌하게 하는 것은 반드시 뒤에 가서 자신을 상하게 한다는 천하의 이치다. 마음이 유쾌해진다는 것은 감각적 쾌락에 빠지는 것을 말한다. 기쁜 일, 유쾌

한 일, 감각적 쾌락을 주는 일을 지나치게 추구하다 보면 반드시
자신을 상하게 되니, 그러지 않기 위해서는 처음부터 너무 유쾌하
기를 바라지 말아야 한다.

한 구절

천하지리天下之理(가) 유심쾌어오심자有甚快於吾心者(는)
기말야其末也(에) 필유상必有傷(이라)
천하의 이치가, 내 마음을 상쾌하게 해주는 것은
끝에 가서 반드시 손상이 있다.

장뢰(1054~1114)

중국 북송 때의 문인이자 정치가.

조재도의 『쉽게 읽는 고문진보』를 읽고

송병렬(영남대 한문교육과 명예교수)

1.

동아시아에서 시와 언어의 개념 정의로 오래된 것은 『시경詩經』 「모시서毛詩序」다. 거기에도 "시詩란 사람의 감정이나 의지를 표현하는 형식이고, 마음속에 품고 있으면 감정이나 생각이지만 언어로 표현하면 시가 된다. 정감이 마음속에서 격발되고 마음을 뒤흔들어 담아둘 수만 없어서 말로 표현하는 것이다"라고 했다. 우리나라에서는 율곡 이이가 『율곡전서』 「인물세고」에서 "인간의 언어는 모든 소리 가운데 가장 정교한 것이요, 글〔문사文辭〕은 언어 가운데 또 가장 정밀한 것인데, 시는 글 가운데서도 가장 빼어난 것이다"라고 했다. 세상의 많은 소리 중에서 '언어'가 가장 정제된 표현이고, 문사文辭는 그 언어 가운데서 가장 정교한 것이며, 시는 그중에서도 가장 빼어난 것으로 규정했다는 말이다.

세상에는 얼마나 많은 소리가 존재하는가? 자연물이 스스로 내는 소리와 서로 부딪혀서 내는 소리 등 우리의 청각을 통해 들을 수 있는 소리는 물론이고, 우리의 감각을 벗어나 들을 수 없는 소리도 수없이 많다. 그러나 어떤 소리도 그저 소리일 뿐 의미를 전달하거나 의사소통을 하지는 않는다. 오로지 인간만이 소리에 의미를 부여하고 각각의 부족, 민족이 그들의 공통 언어를 사용한다. 인간만이 세상 만물을 보고 듣고 느낀 것을 '언어'로 의미를 규정해 사용하는 것이다.

자연계에 존재하는 실체가 우리의 오감을 통해 인지된 것에 언어로 의미 부여를 하지 않았다면 생각의 소통이란 불가능하다. 자연계에 수많은 소리가 존재하지만, 사람이 의사소통을 하는 '언어'는 그 가운데 보이지 않는 가상의 것도 옮겨 오고 숨겨진 비밀도 드러낼 수 있다. 그래서 이규보는 「시의 마귀를 몰아내는 글(구시마문驅詩魔文)」에서 이렇게 말한다.

땅은 고요함을 숭상하고 하늘은 이름 붙이기 어려운 것이다. 어둑한 조화 만물과 흐릿한 신명은 혼돈해서 아득했으며, 컴컴하고 깊이 어두웠다. 혼돈의 세계는 빗장과 자물쇠로 굳게 잠겼는데, 너는 생각 없이 그 신령스럽고 오묘함을 염탐하여 비밀을 발설하니 당돌하기 그지없었다. 달의 옆구리를 치니 달〔月〕이 병들고 하늘의 가슴을 뚫으니 하늘이 놀랐다. 이 때문에 신령은 좋아하지 않고, 하늘은 불쾌하게 여긴다. 너 때문에 사람들의 삶이 각박해졌다. 〔……〕 구름과 노을의 빼어남, 달과 이슬의 순수함, 벌레와 물고기의 괴이함, 새와 짐승의 이상함 그리고 저 갓 나온 새싹, 펴진 꽃밭

침, 초목과 꽃나무 등은 천태만상으로 천지간에 번성하고 아름답게 퍼져 있다. 그런데 너는 이들을 거침없이 취하면서, 열에 하나도 남김없이 보는 족족 노래로 읊어 잡다하게 티끌같이 이르면 모으고 그물질하기가 끝이 없다. 너의 검소하지 못함은 하늘과 땅도 미워한다.

시인의 창작욕을 의인화하여 말하고 있지만, 실은 언어와 시의 기능을 말한 것이다. 세상의 모든 자연물은 인간의 언어가 없을 때는 혼돈이요 이름 붙이기 어려운 것인데, 언어가 의미를 부여하고 그 언어 가운데서도 시의 언어로 혼돈의 세계에 이름을 붙이는 한편 아름다운 것, 추한 것 등의 모든 존재를 추상했다는 것이다. 이어서 우주 삼라만상은 본디 그 이름을 붙이거나 영묘한 비밀을 감추었는데, 그 비밀을 밝혀낸바 사물도 신령도 하늘도 비밀을 드러내어 사람이나 사물, 하늘까지도 놀라게 한 것이다. 이는 시 창작 욕구와 재능으로 우주 삼라만상의 감춰진 미적 세계를 다 읊어냈음을 말한다.

그리고 시인은 창작욕이 얼마나 왕성한지 구름이나 노을, 달, 이슬, 벌레, 물고기, 새, 짐승, 새싹 등 온갖 사물과 자연을 다 시로 읊어댄다. 마치 세계의 사물을 노래해서 그 시를 수집하고 그물질하는 것처럼 욕심을 부린다는 것이다. 시를 쓸 때는 온갖 수사를 동원하여 시적 대상을 읊어대는데, 비단 자연물에 그치는 것이 아니라 사람의 일에도 관여하여 찬양할 때는 그 인물에게 아첨하듯이

하며, 비판할 때는 칼로 찌르고 도끼로 치듯 날카롭게 한다. 권력자처럼 시를 통해 칭찬이나 벌을 주기도 하고, 공경대부처럼 나라의 정사에 관한 것도 시로 풀어내며 잘못된 정사를 배우처럼 조롱한다. 그러면서 시를 통해 자랑하거나 자신의 청렴을 과시하기도 한다. 즉 언어는 실재하는 자연물이 아니면서도 관념의 추상으로 가상 세계의 만물과 개념까지 창조하고 있음을 말한 것이다.

문학의 언어라고 해서 특수한 것은 아니다. 일상의 언어를 가지고 만물과 인간 세상의 일을 표현하고 상상해낸다. 그리고 그것을 보다 정밀하게 다듬어서 표현하는 것이 곧 문학의 특징임을 지적하고 있다.

2.

『고문진보』는 한문학을 하는 사람들에게 기본 학습서다. 조선 시대 과거를 준비하는 선비들에게는 과시科詩와 과문科文을 공부하는 학습서이기도 했다. 한문으로 된 고전 교재를 에세이처럼 쉽게 읽을 수 있는 문학 교양서를 출판한다니, 우선 그 발상부터가 새롭다. 하지만 『고문진보』에 실린 시와 문장은 수천 년을 살아남아 여전히 우리에게 문학작품으로서 존재하는 것이니 그만한 가치가 있는 게 아닌가?

우리나라에서 과학운동을 하면서 여행을 좋아하는 어떤 이가 이런 말을 했다. "호주의 서호주 사막에 황량한 도로가 있다. 그곳에는 고장 나서 가지고 되돌아갈 수 없어 사막 한가운데 버려진 자동차들이 많이 있다. 녹슬어서 흉물이 되었을 줄 알았는데 오래도록 그 자리에 있다 보니 그 또한 장엄하고 아름다운 자연의 일부가 되어 있었다." 고장 나서 버려진 자동차도 오래되면 장엄하고 아름다운 자연의 일부가 되는데, 하물며 당대 최고의 시인과 문장가의 오래된 작품은 어떻겠는가?

오늘날에는 조선 시대 선비들처럼 과거 시험을 위해 『고문진보』를 읽는 사람은 없다. 다만 글을 좋아하고 시를 사랑하는 사람들이 『고문진보』를 읽어보니 문장과 시가 가슴에 와닿고 절절해 외우거나 책상에 붙여두고 이따금 바라보고 읽는다. 나 또한 이들과 크게 다르지 않아서, 서예가 이복연이 써준 구양수의 「취옹정기醉翁亭記」를 액자로 보관하고 틈틈이 감상한다. 사정이 이와 같다면 『고문진보』라는 고전문학을 애호하는 사람들이 쉽게 읽도록 하는 것도 좋지 않을까?

『고문진보』는 중국 고전이다. 대부분 당송 시대의 작품들이다. 게다가 한문으로 된 것을 우리말로 옮긴 것이다. 『고문진보』를 번역한 책은 매우 많다. 대부분 한학자나 한문학, 중문학 전공자 들이 번역했다. 나는 한국한문학 전공자로, 한문교육과 학생들을 가르친다. 그들을 가르치기 위해서 『고문진보』 번역본을 많이 참조했다. 『고문진보』뿐 아니라 고전을 번역하는 처지에서 많은 번역본을 접해왔다. 번역을 하면서 스스로 만족스럽지 않을 때가 많았다. 산문보다 시를 읽을 때 더욱 그랬다. 특히 수업 중에 한문을 번역할 때면 맞춤한 언어를 찾는 게 쉽지 않았다. 학생들에게 초보적인 한문 해석을 지도할 때는, 그 풀이가 우리말로 제대로 이해가 되는지도 문제였기 때문이다. 번역은 "어떤 나라의 말이나 글을 다른 나라의 말이나 글로 옮기는 것"*이라고 『국어사전』의 정의를 가져다 말하지만, 번역이란 개념이 이 정도에서 그치지 않는다는 것은 분명하다. 다른 시대의, 다른 문화의, 다른 언어로 된 것을 등가적으로 일치시키기 위해 번역한다면 큰 오류에 빠지기 십상이다. 그래서 번역 수업을 할 때는 말이 많고 소리를 크게 낸다.

   3.

조재도 시인이 『쉽게 읽는 고문진보』를 낸다. 출판 전에 먼저 읽어보게 되었다. 우리말을 잘 다듬어 감성을 표현할 줄 아는 시인이 한문으로 된 고전을 번역했다고 하니 그 풀이가 어떨지 궁금하기도 하고 기대도 들었다. 비교 대상이 여럿 있기에 읽는 데 시간이 걸렸다. 어떤 것은 한문 원문을 꼼꼼히 살펴가며 읽기도 했다. 모처럼 재미있는 독서였다.

우선 『쉽게 읽는 고문진보—시』부터 읽었다. 한시의 기본 형식

---

* 이향, 『번역이란 무엇인가』, 살림, 2008, 17쪽.

은 오언시 또는 칠언시인데, 일반적인 해석이나 번역은 그 형식에 구애받기 마련이다. 그런데 형식을 깨뜨린 것부터 눈에 들어왔다.

맹교의 「길 떠나는 아들의 노래(유자음遊子吟)」의 원문은 다음과 같다.

慈母手中線
遊子身上衣
臨行密密縫
意恐遲遲歸
難將寸草心
報得三春暉

오언고시五言古詩 6구로 되어 있는 작품이다. 그런데 이 작품을 이렇게 바꾸었다.

어머니 손에 들린 실로
길 떠나는 아들 옷을 짓는다.

떠날 때 되어 더욱 촘촘히 꿰맴은
돌아옴이 늦을까 걱정하시기 때문.

짧은 풀 같은 자식의 마음으로

146

석 달 봄 같은 어머니 사랑에 보답하기 어렵다.

6구의 작품을 세 개의 연聯으로 바꾼 것이다. 눈이 환해졌다. 시 다움이 느껴졌다. 한문의 형식을 알고 의식하는 전공자로서는 생각하지 못한 전개 방식이다. 전에는 원전으로 보는 것이 훨씬 좋았고 번역은 답답하고 지루했다. 그런데 세 개의 연으로 바꾼 것을 보니 마치 시조를 읽는 듯한 느낌이었다.

우리나라에서 한시나 산문을 창작할 때는 전통적으로 중국 고사를 많이 사용하고, 관직명이나 지명도 중국의 관직명과 지명을 쓰는 것이 일반적이었다. 조선 후기에 이러한 경향이 진부하고 진실성이 떨어진다고 해서 우리 고유의 속담이나 고사, 전고典故를 시나 문장에 활용하고, 관직명과 지명을 우리 것으로 쓰는 운동이 있었다. 이른바 다산의 조선시 선언과 연암의 조선풍 등이 그것이다. 아울러 우리 시조나 노래를 한시로 옮기는 장르도 있었다. '소악부小樂府'가 그것이다. 소악부 작품 가운데는 부자연스러운 것도 종종 있지만, 원래 우리 시조나 노래만큼 좋고 한시 형식에도 잘 어울리게 옮긴 것이 많았다. 앞의 「길 떠나는 아들의 노래」에서 바로 그런 느낌을 받았다. 이 작품뿐만 아니라, 이백의 「자야오가子夜吳歌―추가秋歌」 「벗과 함께 묵다(우인회숙友人會宿)」, 도연명의 「전원에 돌아와 살다(귀전원거歸田園居)」 등 대부분의 작품이 그렇다.

다음은 구절의 종결 어투다. 일반적으로 한시를 번역하다 보면 나 스스로도 어투가 바뀐다. '-로다' '-리라' '-어니' '-리니' 등 대부분 예스러운 표현들이다. 물론 이런 어투는 점잖고 품격이 느껴지면서 시어에 무게감이 실리는 것도 사실이다. 그런데 우리말로 옮겨놓고 보면 진부한 맛을 떨치기 어려웠다.

그런데 조재도 시인은 이러한 말투를 깨끗하게 다 버렸다. 그리고 지금의 우리 시에서 사용하는 어투로 다 바꾸었다. 다음은 이백의 「달빛 아래 홀로 술을 마시며(월하독작月下獨酌)」를 번역한 것이다.

꽃 아래 술 한 병을 놓고
친한 이 없이 홀로 마신다.

잔을 들어 밝은 달 맞으니
그림자까지 세 사람이 되었다.

달은 본래 술 마실 줄 모르고
그림자는 그저 내 몸을 따를 뿐.

잠시 달과 그림자를 벗하여
봄철 한때를 마음껏 즐긴다.

내가 노래하면 달은 서성이고

내가 춤을 추면 그림자가 어지럽다.

깨어 있을 땐 서로 어울려 놀지만
취한 후에는 제각기 흩어진다.

오래 얽힘이 없는 교유를 맺어
아득히 은하수를 사이에 두고 만나자.

"마신다" "되었다" "따를 뿐" "즐긴다" "어지럽다" "흩어진다"
"만나자"라는 끝 구절만 이어봐도 내용이 술술 읽힌다. 이 번역을
두고 이백이 아니라 조재도 시인이 달빛 아래서 혼자 술을 마시며
시를 지었다고 해도 눈치채지 못할 정도다. 이백의 「월하독작」이
이렇게 좋은 줄 예전엔 미처 몰랐다. 시의 원문은 다음과 같다.

花間一壺酒 獨酌無相親
擧杯邀明月 對影成三人
月既不解飮 影徒隨我身
暫伴月將影 行樂須及春
我歌月徘徊 我舞影零亂
醒時同交歡 醉後各分散
永結無情遊 相期邈雲漢

한시를 읽을 때는 압운에서 리듬감을 느끼고, 대우가 되는 구절을 만나게 되면 대칭의 안정감을 느낀다. 내용으로도 나〔我〕와 달〔月〕, 그림자〔影〕 세 가지가 세 사람으로 동질화되는 순간에 물아일체의 절정을 맛보았는데, 조재도 시인의 번역으로 술술 읽혀 감동을 주는 우리 시가 되었다. 한시가 우리 시고 우리 시가 한시인 듯한 느낌이다.

이 점은 그의 시 창작에서도 느낄 수 있다. 『어머니 사시던 고향은』(열린서가, 2023)에 실린 「뒤꼍」을 보자.

외할아버지 생신 때
어린애들 모여 앉아
오기작오기작 아침밥 먹던

따순 볕에 고사리
호박고지 무말랭이가
끄들끄들 말라도 가던

올무에 걸린 산토끼
가죽 벗겨 그 털
감나무에 매달아 놓던

호박잎에 싼 미꾸라지

솔가지 불에 구워도 먹던

"아침밥 먹던""말라도 가던""매달아 놓던""구워도 먹던"으로
끝나는 각 연의 끝 구절은 마치 한시의 압운과도 같다. 모두 4연으
로 이루어진 이 작품은 한시의 기승전결 전개 방식을 느낄 수 있
다. 한시와 조재도의 시는 어울리지 않는다는 생각이 무너지는 순
간이다.

일반적으로 한시에서 번역하기 어려운 단어들이 있다. 예를 들
면 '묻다'(문問)나 '말하다'(운云, 언言) 같은 동사가 그렇다. 말을
인용하는 표현을 써야 하기 때문이다. 가볍게 생각하면 쉬워 보이
지만, 다음 구절이나 내용 전반에 영향을 미치면 어렵다. 조재도
시인은 이 문제를 쉽게 풀어나간다. 가도의 「도사를 찾아갔으나
만나지 못하다(방도자불우訪道者不遇)」를 보면 알 수 있다.

소나무 아래 동자에게 물으니
스승은 약초 캐러 가셨다 한다.
이 산 어딘가 계시긴 하겠지만
구름이 깊어 모른다 한다.

2구의 "……가셨다 한다"와 4구의 "……모른다 한다"에서 보듯
이, 두 끝 구절이 마치 절구시의 압운과 같은 역할을 하는 동시에
'언言'을 '-다 한다'로 풀이했다. 매끄러운 솜씨다. 이 작품의 한시

원문은 다음과 같다.

언言은 2구에 한 번 쓰였을 뿐이다. 그런데 두 번에 걸쳐 '-다 한다'로 옮김으로써 오히려 자연스러워졌다. 이런 번역이나 풀이는 여러 곳에 있다.

예를 들어 도연명의 「잡시雜詩—첫번째 시」 첫 구절 "인생이란 뿌리도 꼭지도 없어서人生無根蔕"와 작자 미상의 「고시古詩」(69쪽)의 제7, 8구 "호마는 북풍을 그리워하고 / 월나라 새는 남쪽 가지에 깃들인다," 그리고 두보의 「꿈에 이백을 보다(몽이백이수夢李白二首)」 제1수 제1, 2구 "사별은 울음조차 삼키게 하고 / 생이별은 언제나 마음 쓰리다" 등은 모두 한시의 시어를 우리말로 자연스럽게 번역한 사례다.

『두시상주杜詩詳註』는 두보의 시에 워낙 전고가 많기에 시어마다 주석을 달아야 한다. 이를 우리말로 옮기기가 쉽지 않다 보니 마치 산문집같이 번역된 것도 있다. 나도 동료들과 몇 년간 『두시상주』를 번역한 적이 있지만 완성하지는 못했다. 파악한 내용을 우리말로 어떻게 옮기는 것이 좋을지 몰라 길을 잃었던 것이다. 그만큼 한시 번역은 어렵다.

그런데 여기 시 부분에서 탁월한 번역을 짚어본다. 이하의 「술

을 권하다(장진주將進酒)」에 덧붙인 '더 읽기'에 나오는 작품 「신현
곡神絃曲」의 원문을 보자.

西山日沒東山昏 旋風吹馬馬踏雲

畫絃素管聲淺繁 花裙綷縩步秋塵

桂葉刷風桂墜子 青狸哭血寒狐死

古壁彩虬金帖尾 雨工騎入秋潭水

百年老鴞成木魅 笑聲碧火巢中起

이 원문은 주석 없이 한시만으로 읽기가 쉽지 않다. 그런데 그의
번역은 매우 탁월하다.

해 지고

어둠이 깔리면

귀신들이 온다, 바람에 불려

말을 타고 구름을 차면서.

땅에서는 풍악이 일고

우는 듯 흐느끼는 듯

비파 소리, 날라리 피리 소리.

무당은 사르르 치마를 끌며

춤을 춘다, 가을을 밟고.

계수나무 잎 바람에 떨자
그 열매 떨어지고
살쾡이는 피를 토하며 울고
여우는 겁에 질려 죽는다.

낡은 벽에 그려진 용은 꼬리에 금박을 두르고
비의 신은 말을 타고 가을 못 속으로 들어가는데

백 년 묵은 올빼미는 나무 도깨비가 된다.
웃음소리 푸른 불 둥지에서 솟구친다.

이 시가 귀신에게 제사를 지내면서 현악기의 노래로 신을 즐겁게 하는 곡조라는 것이다. 1연은 황혼 무렵에 신이 강림하는 장면을 묘사한 것이다. 2연과 3연은 무당이 일어나서 춤을 추며 신을 영접하는 장면이다. 이 같은 장면을 모순 없이 전개하여 마치 어느 산골짜기에서 황혼에 무당이 굿하는 모습, 무당이 불러들인 신들에 의해 못된 짐승들(살쾡이, 여우)이 피를 토하고 죽고 백 년 묵은 올빼미는 나무 도깨비가 되는 장면이 판타지처럼 떠오른다. 이하의 이 작품을 이렇게 풀이할 수 있다는 것이 놀라웠다.

4.

　다음은『쉽게 읽는 고문진보—산문』을 이야기해보자. 산문은 시와 다르게 당시 문화와 풍속 등이 강하게 작용한다. 따라서 작품을 선정하기가 까다롭고 풀이하기 어려운 부분도 많다.

　산문 작품을 읽다 보면 대명사처럼 사용되는 명사가 있다. 명사를 대명사처럼 사용하는 옛사람들의 특수한 화법이다. 예를 들면 '이름'과 함께 '자字' '호號' '시호諡號' '관직명官職名' '고향故鄉' '관향貫鄉' 등이 인물을 나타내는데, 이러한 호칭의 사용은 상황에 따라 각각 다르다. 지은이가 자신의 이름을 바로 들어서 쓰면 그것은 일인칭이다. 상대를 부를 때는 이름 외의 다른 호칭을 이인칭 또는 삼인칭처럼 쓴다.

　조재도 시인은 이러한 문제를 잘 인식하고, 마치 오늘날의 산문을 대하듯이 인칭을 사용했다. 굴원의 「어부와의 대화(어부사漁父辭)」 첫 문장은 다음과 같다.

屈原既放 遊於江潭 行吟澤畔 顏色憔悴 形容枯槁……

　屈原(굴원)이 주어다. 작품의 지은이는 굴원 자신이다. 따라서 첫 단어 '屈原'은 '내가'로 옮겨야 한다. 그는 이 첫 문장을 다음과 같이 옮겼다.

내〔굴원〕가 죄인으로 몰려 추방되어 상강 가에서 지낼 때였다. 연못가를 거닐며 읊조렸다. 안색이 마르고 생기가 없으니……

구양수의 「가을 소리에 대하여(추성부 秋聲賦)」의 첫 문장도 마찬 가지다.

歐陽子 方夜讀書 聞有聲 自西南來者 悚然而聽之 曰……

내〔구양수〕가 밤에 책을 읽는데 서남쪽에서 어떤 소리가 들렸다. 머리끝이 쭈뼛해져 그 소리에 바짝 귀를 기울이곤 혼잣말을 했다.

산문 번역에서 많은 오역이 발생하는 것이 의인체 작품이다. 흔히 '가전 假傳'이라고 하는데, 사물이나 동물 등을 의인화해서 작품을 전개하는 방식이다. 이 경우 작품의 주인공이 되는 사물이나 동물은 사람에 비견되므로 반드시 사람의 행동이나 말로 바꿔주어야 한다. 그러나 원문이나 전고의 내용이 사물이나 동물의 것으로 되어 있기 때문에 비의하는 것을 잊고 번역하기 쉽다. 실제로 많은 번역이 그렇다. 한유의 「모영(붓)의 집안과 생애 이야기(모영전 毛穎傳)」의 원문과 풀이를 보자.

毛穎者 中山人也 其先明眎 佐禹治東方土 養萬物有功 因封 於卯地 死爲十二神 ……

모영은 성이 '모毛' 씨이고, 이름이 '영潁'이다. 따라서 그냥 사람의 전기로 번역해야 한다.

모영은 중산 사람이다. 그의 선조는 명시이니 우임금을 도와 동쪽 땅을 다스렸다. 만물을 기르는 데 공을 세워 묘 땅에 봉해지고, 죽어서 십이신의 하나가 되었다.

박스 안에 비유나 고사를 설명하고, 본문은 의인화의 특징을 잘 살려서 풀이했다. 대부분의 경우 설명을 본문 안에 넣어 풀이해, 오역인 줄 모르고 내용을 전개하여 독자로 하여금 오해를 불러일으킨다. 특히 가전은 국문학에서 고전소설로 정의한다. 가전은 말 그대로 '전'의 형식을 빌려서 사대부 작가들이 고문의 연습과 과시科詩로 많이 창작했다. 조재도 시인은 이 부분을 명확히 이해하고 잘 풀이하고 있다.

『쉽게 읽는 고문진보―시』에서와 마찬가지로 『산문』에서도 작품에 달린 '해설과 감상'이 적절하다. 유종원의 「대목수 이야기(재인전梓人傳)」의 '해설과 감상'을 살펴보자.

이 글은 대목수 이야기를 통해 정치에 대해 설명하고 있다. 지은이는 "천자를 도와 천하를 다스리는 재상은 관리를 천거하여 임무를 부과하고, 지휘하여 부리며, 정치의 기강을 바로잡아 신축성 있게 운용하면서 법령과 제도를 통일하여 정돈해야 한다. 이는 곧 목수가 그림쇠와 곡척과 먹줄과 먹통을 가지고 규격을 정하는 것과 같다"라고 했는데, 이 글이 지은이의 그러한 생각을 잘 드러내고 있다. 따라서 뒤에 생략된 글은 목수 이야기에 이어 천자를 도와 천하를 다스리는 재상에 관한 이야기다.

이를 보면 작품에 사용된 비유나 상징을 날카롭게 분석하여 해설하고, 이를 통해 작품을 즐겁게 감상할 수 있게 한다.

이 책의 재미는 따로 있다. 작품을 감상하는 한편, 중요한 구절이나 재미있는 부분은 '한 구절'로 다시 써서 되새기도록 한 것이다. 마치 교훈적인 경구로 읽히는 아포리즘을 연상케 한다. 유종원의 「대목수 이야기(재인전梓人傳)」의 '한 구절'이다.

노심자勞心者(는) 역인役人(하고)
노력자勞力者(는) 역어인役於人(이라)
정신을 쓰는 자는 다른 사람을 부리고,
육체의 힘을 쓰는 자는 부림을 당한다.

원문 안의 한 구절만 발췌했는데 경구가 되었다. 정신을 쓰는 사람과 육체의 힘을 쓰는 사람을 비교한 것인데, 요즘 시대에도 충분히 적용하고 생각해봄 직하다. 유종원의 「정원사 곽탁타 이야기(종수곽탁타전種樹郭橐駝傳)」의 '한 구절'이다.

애지愛之(나) 기실해지其實害之(며)

우지憂之(나) 기실수지其實讐之(라)

사랑한다지만 실은 해치는 것이며,

걱정되어 그런다지만 실은 원수가 되는 것이다.

나무를 심고 기르는 이치를 설명하는 이 한 구절은 자식 교육에 적용해도 손색이 없다.

이와 같이 작품에서 '한 구절'을 뽑아 되새기는 것을 보면 조재도 시인은 영락없는 교육자다. 내가 조재도 시인의 글을 처음 읽은 것은 『교과교육』 창간호(푸른나무, 1988)에 실린 「어머니, 지금 이 땅의 아이들은」을 통해서다. 나는 그가 교사로 몇몇 학교를 옮겨 다니다 공주농고에서 학급 문집을 만들었던 이야기를 읽었다. 그런데 지금 그가 퇴임하고 나서도 월간 『청소년 평화』를 운영하는 것을 보고 '역시 그다운 실천이다!'라고 생각했다.

그런 조재도 시인이 『쉽게 읽는 고문진보』를 내니 그 발상이 과감하고 참신하다. 누구나 예술 작품을 쉽게 즐겨야 한다는 그의 바람대로, 이 책은 청소년을 비롯해 어른들에게도 새로운 감동을 느끼게 해줄 것이다.